GEORGE ORWELL

ENSAIOS

www.editorapedaletra.com.br
(11) 3733-0404 / 3687-7198

Projeto gráfico: **Quatria Comunicação**

Equipe editorial
André Cerino — Capa
Felipe Fiuza — Diagramação
Fabrício Zuccherato, Ana Paula Bonjani e Flamarion Caldeira Ramos — Tradução
Thaís Coimbra — Revisão

Tradução integral de ensaios de George Orwell

Dados Internacionais de Catalogação na Publicação (CIP)
Angélica Ilacqua CRB-8/7057

Orwell, George, 1903-1950
George Orwell : ensaios / George Orwell ; tradução de Fabrício Zuccherato, Ana Paula Bonjani, Flamarion Caldeira Ramos. -- Brasil : Pé da Letra, 2020.
120 p. ; 13.5 x 20 cm

ISBN 978-65-5888-192-6
Título original: Fascism and Democracy

1. Ensaios ingleses 2. Fascismo - Ensaios I. Título II. Zuccherato, Fabrício III. Bonjani, Ana Paula IV. Ramos, Flamarion Caldeira

20-4284 CDD 824

Índices para catálogo sistemático:

1. Ensaios ingleses

GEORGE ORWELL

ENSAIOS

PÉ da letra

SUMÁRIO

O QUE É FASCISMO?* (1944)

De todas as perguntas sem resposta de nosso tempo, talvez a mais importante seja: "O que é fascismo?".

Um instituto de pesquisas sociais americano recentemente realizou essa pergunta a cem pessoas e obteve respostas que variam desde "pura democracia" até "puro demonismo". Neste país, se for pedido a uma pessoa comum que defina fascismo, ela geralmente responderá tendo em mente os regimes alemão e italiano, o que seria uma resposta bem insatisfatória, porque mesmo os maiores Estados fascistas diferem muito um do outro em estrutura e ideologia.

Não é fácil, por exemplo, encaixar Alemanha e Japão na mesma estrutura, e é ainda mais difícil com alguns Estados menores que se poderiam descrever como fascistas. Geralmente assumimos, por exemplo, que o fascismo é inerentemente bélico, que se desenvolve em uma atmosfera de histeria de guerra e que a única solução para os problemas econômicos se dá através da preparação para a guerra ou de conquistas de terras estrangeiras. Isso, porém, claramente não é um fato verdadeiro para, digamos, Portugal ou várias ditaduras sul-americanas. Ou então o antissemitismo deveria ser uma das marcas distintivas do fascismo; mas alguns movimentos fascistas não são antissemitas. Certas controvérsias que reverberaram por anos sem fim em revistas americanas sequer foram capazes de determinar se o fascismo é ou não uma forma de capitalismo. Ainda assim, quando utilizamos o termo "fascismo" no caso da Alemanha, do Japão ou da Itália de Mussolini, sabemos amplamente a que estamos nos referindo. Foi na política interna que essa palavra perdeu todo e qualquer vestígio de significado. Caso se examine a imprensa, ficará evidente que quase não há nenhum grupo de pessoas — certamente nenhum partido político, nem um corpo organizado de algum tipo — que não tenha sido denunciado como fascista durante os últimos dez anos. Não estou me referindo ao uso verbal do termo "fascista". Refiro-me ao que vejo que tem saído na imprensa. Vejo os termos "simpatizante ao fascismo", "de tendência fascista", ou simplesmente "fascista", aplicados com toda a seriedade aos grupos listados abaixo.

Conservadores: todos os conservadores, sejam apaziguadores ou antiapaziguadores, são tidos como subjetivamente pró-fascistas. O governo britânico na Índia e nas colônias é tido como indistinguível em relação ao nazismo. Organizações do tipo que se podem chamar de patrióticas e tradicionais são rotuladas como criptofascistas ou "de mentalidade fascista". Exemplos disso são os escoteiros, a Polícia Metropolitana, MI5, a Legião Britânica. Frase típica: "As escolas públicas são terreno fértil para o fascismo".

Socialistas: defensores do capitalismo à moda antiga (por exemplo, sir Ernest Benn), sustentam a ideia de que socialismo e fascismo são a mesma coisa. Alguns jornalistas católicos afirmam que os socialistas foram os principais colaboradores nos países ocupados pelos nazistas. A mesma acusação é feita de um ângulo diferente pelo Partido Comunista durante suas fases ultraesquerdistas. Durante o período 1930-35, o *Daily Worker* referia-se habitualmente ao Partido Trabalhista como Fascistas Trabalhistas. Isso foi ecoado por outros extremistas de esquerda como os anarquistas. Alguns nacionalistas indianos consideram os sindicatos britânicos como organizações fascistas.

Comunistas: uma considerável escola de pensamento (exemplos: Rauschning, Peter Drucker, James Burnham, F.A. Voigt), que se recusa a reconhecer a diferença entre os regimes nazista e soviético e sustenta a tese de que todos os fascistas e comunistas visam aproximadamente à mesma coisa e, em certa medida, às mesmas pessoas. Líderes no *The Times* (pré-guerra) se referiam à União Soviética como "país fascista". Novamente, por um ângulo diferente, essa ideia é ecoada por anarquistas e trotskistas.

Trotskistas: os comunistas acusam os trotskistas, isto é, a organização do próprio Trotski, de ser uma organização criptofascista financiada pelos nazistas. A esquerda acreditava amplamente nisso durante o período da Frente Popular. Em suas fases ultradireitistas, os comunistas tenderam a fazer a mesma acusação a todas as facções à esquerda deles mesmos, como a Comunidade das Nações ou o Partido Trabalhista Independente.

Católicos: fora de suas próprias definições, a Igreja Católica é quase universalmente considerada pró-fascista, tanto objetiva quanto subjetivamente.

Opositores à guerra: pacifistas e outros que são considerados antiguerra são frequentemente acusados não apenas de tornar as coisas mais fáceis para o Eixo, como de manifestar um sentimento pró-fascista.

Apoiadores da guerra: os opositores à guerra geralmente baseiam seus argumentos na alegação de que o imperialismo britânico é pior que o nazismo e tendem a aplicar o termo "fascista" a qualquer um que deseja uma vitória militar. Os apoiadores da Convenção do Povo chegaram perto de alegar que a vontade de resistir a uma invasão nazista era um sinal de simpatia pelo fascismo. A Guarda Territorial foi denunciada como organização fascista assim que surgiu. Além disso, toda a esquerda tende a equiparar militarismo com fascismo. Soldados rasos politicamente conscientes quase sempre referem-se a seus superiores como de "mentalidade fascista" ou "fascistas naturais". Escolas militares, a cultura de rigidez e limpeza, bater continência aos oficiais, tudo isso é considerado condutivo ao fascismo. Antes da guerra, aderir aos *Territorials* era considerado sinal de tendência fascista. Recrutamento e Exército profissional são ambos denunciados como um fenômeno fascista.

Nacionalistas: o nacionalismo é universalmente considerado como inerentemente fascista, mas isso apenas se aplica a movimentos nacionais desaprovados por quem os está avaliando. Nacionalismo árabe, nacionalismo polonês, nacionalismo finlandês, o Partido Congressista Indiano, a Liga Muçulmana, o Sionismo e o Exército Republicano Irlandês são todos descritos como fascistas, mas não pelas mesmas pessoas.

* * *

Será constatado que, da forma que é empregada, a palavra "fascismo" é quase desprovida de significado. Em conversas, é claro, é utilizada mais frequentemente do que quando impressa. Ouvi o termo ser aplicado a agricultores, varejistas, ao Crédito Social, ao castigo corporal, à caça a raposas, às touradas, ao Comitê de 1922, ao Comitê de 1941, a Kipling, Gandhi, Chiang Kai-Shek, à homossexualidade, às transmissões da

Priestley, aos Albergues da Juventude, à astrologia, a mulheres, cães e não sei a que mais.

Mas, escondido por baixo de toda essa confusão, há um tipo de significado oculto. Para começar, está claro que há diferenças muito grandes, algumas delas fáceis de apontar e não tão fáceis de explicar, entre os regimes considerados fascistas e os considerados democráticos. Segundo, se "fascista" significa "em simpatia por Hitler", algumas das acusações que listei acima são obviamente muito mais justificadas do que outras. Terceiro, mesmo quem utiliza a palavra "fascista" de forma inconsequente para todos os lados atribui a ela um significado emocional. Por "fascismo", referem-se a algo cruel, sem escrúpulos, arrogante, obscurantista, antiliberal e anticlasse trabalhadora. Exceto por um pequeno número de simpatizantes ao fascismo, quase qualquer cidadão inglês irá aceitar a palavra "troglodita" como um sinônimo de "fascista". Isso é o mais próximo de uma definição a que essa palavra tão abusada chegou.

Mas o fascismo é também um sistema político e econômico. Por que, então, não podemos adotar uma definição clara e popularmente aceita para ela? Céus, não teremos uma — pelo menos, por enquanto. Demoraria muito para explicar o porquê, mas basicamente é porque é impossível definir o fascismo de forma satisfatória sem fazer concessões que nem os fascistas propriamente ditos, nem os conservadores ou os socialistas, de quaisquer cores, estão dispostos a fazer. Tudo que podemos fazer no momento é usar a palavra com certo grau de prudência e, ao contrário do que é geralmente feito, não degradá-la ao nível de um xingamento.

**Texto publicado na* Tribune, *de Londres.*

ARTHUR KOESTLER (1944)

Um fato notável referente à literatura inglesa ao longo do século atual é quanto ela foi dominada por estrangeiros — por exemplo, Conrad, Henry James, Shaw, Joyce, Yeats, Pound e Eliot. Ainda assim, quando se decide fazer disso uma questão de prestígio nacional e examinar nossas conquistas em vários ramos da literatura, o que se percebe é que a Inglaterra se saiu bem, até chegar ao que pode ser descrito como escrita política, ou panfletária. Com isso, refiro-me à classe especial de literatura que surgiu da luta política europeia desde a ascensão do fascismo. Sob essa rubrica, pode-se agrupar romances, autobiografias, livros de "reportagem", tratados sociológicos e simples panfletos, todos eles compartilhando em comum a origem e, até certo ponto, a mesma atmosfera emocional.

Algumas das figuras de maior destaque nessa escola de escritores são Silone, Malraux, Salvemini, Borkenau, Victor Serge e o próprio Koestler. Alguns destes são escritores imaginativos, outros não, mas todos se assemelham no fato de escreverem história contemporânea, mas não história oficial, do tipo que é ignorada pelos livros didáticos e sobre a qual os jornais mentem. Eles ainda se assemelham por serem todos europeus continentais. Isso pode parecer exagero, mas não é forçar muito dizer que sempre que um livro sobre o totalitarismo é publicado no país, e que ainda valha a pena a leitura seis meses após a publicação, trata-se de um livro traduzido de alguma língua estrangeira. Escritores de língua inglesa, durante os últimos doze anos, despejaram uma enorme quantidade de literatura política, mas não produziram quase nada com valor estético, e igualmente muito pouco de valor histórico. O Clube do Livro de Esquerda, por exemplo, funciona desde 1936. De quanto de suas obras selecionadas você se recorda do nome? Alemanha nazista, Rússia soviética, Espanha, Abissínia, Áustria, Checoslováquia — tudo o que tem sido produzido na Inglaterra sobre esses tópicos e congêneres são livros evasivos de reportagem, panfletos desonestos nos quais a propaganda é engolida inteira e depois regurgitada, digerida pela metade, além de pouquíssimos guias e livros didáticos confiáveis. Não houve nada parecido com, por exemplo, *Fontamara* e *O Zero e o Infinito,* porque quase não existe escritor inglês que tenha passado pela experiência de ver o totalitarismo por dentro. Na Europa, durante a última década e além dela, têm ocorrido coisas à classe média que na Inglaterra não acontecem nem mesmo à classe operária. A maioria dos escritores europeus que mencionei acima, e muitos outros como eles, tem sido obrigada a transgredir a lei para se envolver na política; alguns jogaram bombas e participaram de conflitos nas ruas, muitos estiveram na prisão ou em campos de concentração, ou fugiram cruzando fronteiras com nome falso e passaporte forjado. Não dá para imaginar, digamos, o professor Lanski permitindo-se participar de atividades desse tipo. A Inglaterra carece, portanto, do que se pode chamar de literatura de campo de concentração. O mundo especial criado por forças da polícia secreta, censura de opinião, tortura e julgamentos armados é conhecido, é claro, e em certa medida desaprovado, mas tem causado um impacto emocional muito pequeno. Um resultado disso é que na Inglaterra quase não há uma literatura de desilusão sobre a União Soviética. Existe a atitude de desaprovação ignorante, e existe a atitude de admiração acrítica, mas há muito pouco entre as duas. A opinião quanto aos julgamentos da sabotagem em Moscou, por exemplo, estava dividida, mas dividida sobretudo quanto aos acusados serem ou não culpados. Poucas pessoas foram capazes de ver que, justificados ou não, os julgamentos foram de um horror indescritível. E a desaprovação por ingleses das afrontas nazistas também tem sido algo irreal, que se abre e fecha como uma torneira, de acordo com a conveniência política. Para entender tais coisas é necessário ser capaz de se imaginar como vítima, e, para um inglês, escrever *O Zero e o Infinito* seria um acidente tão improvável quanto um mercador de escravos escrever *A Cabana do Pai Tomás.*

A obra publicada de Koestler está centrada nos julgamentos de Moscou. Seu principal tema é a decadência de revoluções devido aos efeitos corruptores do poder, mas a natureza especial da ditadura de Stalin o trouxe de volta a uma posição não muito desprovida de um conservadorismo pessimista. Não sei quantos livros ele escreveu ao todo. É um húngaro cujos primeiros livros foram escritos em alemão, e cinco deles foram publicados na Inglaterra: *Spanish Testament, Os Gladiadores: a Saga de Espártaco, O Zero e o Infinito, A Escória do Mundo* e *Cruzada sem Cruz.* O tema central de todos eles é semelhante, e nenhum foge por mais de algumas páginas de uma atmosfera de pesadelo. Dos cinco livros, a ação de três se passa total ou quase totalmente na prisão.

Nos primeiros meses da Guerra Civil espanhola, Koestler foi correspondente do *News Chronicle* na Espanha, e no início de 1937 foi feito prisioneiro quando os fascistas tomaram Málaga. Foi quase fuzilado imediatamente, depois passou alguns meses preso numa fortaleza, ouvindo rajadas de tiros toda noite, quando levas e mais levas de republicanos eram executadas, estando ele mesmo em perigo iminente de execução a maior parte do tempo. Não foi uma aventura casual que "pode acontecer a qualquer um", mas foi coerente com o estilo de vida de Koestler. Uma pessoa indiferente à política não estaria na Espanha naquela data, um observador mais cauteloso teria saído de Málaga antes da chegada dos fascistas, um jornalista britânico ou americano teria sido tratado com mais consideração. O livro que Koestler escreveu sobre isso, *Spanish Testament,* tem passagens notáveis, mas, à parte a fragmentação que é comum em livros de reportagem, em alguns trechos ele é definitivamente falso. Nas cenas de prisão, Koestler estabelece com sucesso a atmosfera de pesadelo que é, por assim dizer, uma patente sua, mas o resto do livro é demasiadamente marcado pela ortodoxia da Frente Popular na época. Uma ou duas passagens até parecem ter sido manipuladas para os propósitos do Clube do Livro de Esquerda. Durante todo esse período Koestler ainda era, ou tem sido nos últimos tempos, membro do Partido Comunista, e a complexa política da guerra civil tornou impossível para qualquer comunista escrever honestamente sobre as lutas internas no lado do governo. O pecado de quase todos os esquerdistas de 1933 em diante é que queriam ser antifascistas sem ser antitotalitaristas. Koestler já sabia disso em 1937, mas não se sentiu livre para expressar esse pensamento. Ficou bem mais próximo de dizê-lo — na verdade, ele o fez, embora tenha posto uma máscara para fazê-lo — em seu livro seguinte, *Os Gladiadores,* que foi publicado cerca de um ano antes da guerra e por algum motivo atraiu muito pouca atenção.

A obra é, em alguns aspectos, um livro insatisfatório. É sobre Espártaco, o gladiador trácio que liderou uma revolta de escravos na Itália por volta de 65 a.C., e qualquer livro sobre esse assunto sai em desvantagem se comparado com *Salambô.* Em nossa própria época não seria possível escrever um livro como *Salambô,* mesmo que alguém tivesse talento para isso. O que é grandioso na obra, ainda mais importante que os detalhes físicos, é sua total impiedade. Flaubert pôde se imaginar na pétrea crueldade da Antiguidade, porque em meados do século XIX ainda se podia ter paz para a mente. Havia tempo para viajar ao passado. Hoje, o presente e o futuro são terríveis demais para que se possa escapar deles, e se alguém se incomoda com a história é para poder encontrar nela significados modernos. Koestler faz de Espártaco uma figura alegórica, uma versão primitiva do ditador proletário. Enquanto Flaubert foi capaz, num prolongado esforço de imaginação, de fazer seus mercenários verdadeiramente pré-cristãos, Espártaco é um homem moderno disfarçado. Mas isso não importaria se Koestler tivesse plena consciência do que sua alegoria quer dizer. Revoluções sempre dão errado — esse é o tema central. É na questão de por que elas dão errado que ele titubeia, e sua incerteza permeia a história e torna as figuras centrais enigmáticas e irreais.

Durante muitos anos os escravos rebelados são continuamente bem-sucedidos. Se enumeram a centenas de milhares, apoderam-se de grandes áreas no sul da Itália, derrotam expedições punitivas uma após outra, aliam-se aos piratas que eram, na época, senhores do Mediterrâneo e finalmente começam a trabalhar na construção de uma cidade para si, a ser chamada Cidade do Sol. Nela, os seres humanos deverão ser livres e iguais e, acima de tudo, deverão ser felizes; nada de escravidão, nem fome, nem injustiça, nem açoitamentos, nem execuções. É o sonho da sociedade justa que parece assombrar a imaginação humana inerradicavelmente em todas as épocas, seja quando é chamada de Reino dos Céus ou de sociedade sem classes, seja quando pensada como uma Idade de Ouro que existiu uma vez no passado e a partir da qual nos degeneramos. Desnecessário dizer que os escravos não conseguem alcançá-la. Nem bem se tornaram uma comunidade e seu modo de vida se torna tão injusto, trabalhoso e dominado pelo medo quanto qualquer outro. Até mesmo a cruz, símbolo da escravidão, tem de ser ressuscitada para a punição dos malfeitores. O ponto de inflexão é quando Espártaco se vê obrigado, ele mesmo, a crucificar vinte de seus mais antigos e fiéis seguidores. Depois disso, a Cidade do Sol está condenada, os escravos se cindem e são meticulosamente derrotados, sendo os últimos quinze mil capturados e crucificados de uma só vez.

O ponto fraco dessa história é que os motivos do próprio Espártaco nunca ficam claros. O legislador romano Fúlvio, que se junta à revolta e se torna seu cronista, expõe o familiar dilema dos fins e dos meios. Não se pode alcançar nada a menos que se esteja disposto a usar a força e a astúcia, mas ao usá-las, pervertem-se os objetivos originais. Espártaco, no entanto, não é representado como alguém sedento de poder nem, por outro lado, como um visionário. É movido por alguma força obscura que ele não compreende, e frequentemente está em dúvida se não seria melhor se desfazer de toda aquela aventura e fugir para Alexandria enquanto está tudo bem. A república dos escravos, em todo caso, é arruinada mais por hedonismo do que pela luta pelo poder. Eles estão descontentes com sua liberdade porque ainda têm de trabalhar, e a ruptura final ocorre porque os mais tumultuosos e menos civilizados, em especial gauleses e germânicos, continuam a se comportar como bandidos após o estabelecimento da república. Esse poderia ser um relato verdadeiro dos eventos — naturalmente sabemos muito pouco sobre as revoltas de escravos na Antiguidade — mas, ao permitir que a Cidade do Sol fosse destruída por não impedir os saques e estupros de Crixus, o gaulês, Koestler titubeia entre a alegoria e a história. Se Espártaco é o protótipo do revolucionário moderno — e obviamente essa é a intenção —, ele deveria ter se extraviado devido à impossibilidade de combinar o poder com a retidão. Da forma como é apresentado, ele é uma figura passiva, mais influenciada do que influente, e às vezes não convincente. A história falha em parte porque o problema central da revolução foi evitado ou, ao menos, não foi solucionado.

É novamente evitado, de modo mais sutil, no livro seguinte, a obra-prima de Koestler, *O Zero e o Infinito*. Aqui, no entanto, a história não é comprometida, pois trata de indivíduos e seu interesse é psicológico. É um episódio escolhido de um contexto que não precisa ser questionado. *O Zero e o Infinito* descreve a prisão e a morte de um velho bolchevique, Rubashov, que primeiro nega e, por fim, confessa crimes que ele tem total consciência de não ter cometido. O caráter adulto, a ausência de surpresa ou de denúncia, a compaixão e a ironia com que a história é contada demonstram a vantagem, quando se está abordando um tema como esse, de ser um europeu. O livro chega à estatura de uma tragédia, enquanto um escritor inglês ou americano no máximo teria feito dele uma peça polêmica. Koestler digeriu bem seu material e pôde tratá-lo num nível estético. Ao mesmo tempo, a forma com que lida com ele tem implicações políticas, não importantes nesse caso, mas capazes de ser danosas em livros posteriores.

Naturalmente, o livro inteiro gira em torno de uma pergunta: Por que Rubashov confessa? Ele não é culpado — quer dizer, não é culpado de nada, exceto pelo crime essencial de não gostar do regime de Stalin. Os atos concretos de traição em que ele supostamente se envolveu são todos imaginários. Ele nem mesmo foi torturado, ao menos não de maneira muito severa. Ele acaba vencido pela solidão, dor de dente, abstinência do fumo, luzes brilhantes ofuscando seus olhos e por um interrogatório contínuo, mas tudo isso, por si, não seria suficiente para dobrar um endurecido revolucionário. Antes disso os nazistas tinham feito pior com ele sem lhe quebrar o espírito. As confissões que se obtinham nos julgamentos de Estado na Rússia são passíveis de três explicações:

1. Que os acusados eram culpados.
2. Que eles eram torturados, talvez chantageados com ameaças a parentes e amigos.
3. Que eram tomados pelo desespero, pela falência mental e pelo hábito de ser leais ao partido.

Para os propósitos de Koestler em *O Zero e o Infinito,* a explicação número 1 é descartada, e embora este não seja o lugar para discutir os expurgos na Rússia, devo acrescentar que qualquer pequena evidência verificável que existe sugere que os julgamentos dos bolcheviques eram armações. Ao se supor que os réus não eram culpados — pelo menos não das coisas específicas que tinham confessado —, então a hipótese número 2 seria a explicação de acordo com o senso comum. Koestler, no entanto, inclina-se para a número 3, que é também aceita pelo trotskista Boris Souvarine em seu panfleto *Cauchemar en URSS*. Rubashov, por fim, confessa por que não consegue encontrar em sua própria mente um motivo para não fazê-lo. Justiça e verdade objetiva há muito deixaram de ter algum significado para ele. Por décadas ele fora simplesmente a criatura do partido, e o que o partido exige dele agora é que confesse crimes inexistentes. No fim, embora tivesse de ser violentado e enfraquecido primeiro, ele fica um tanto orgulhoso de sua decisão de confessar. Sente-se superior ao pobre oficial tsarista que ocupa a cela ao lado e conversa com Rubashov por meio de batidas na parede. O oficial tsarista fica chocado quando é informado de que Rubashov pretende capitular. Na opinião dele, de seu ponto de vista "burguês", todo mundo deve se agarrar a suas armas, até mesmo um bolchevique. Honra, ele diz, consiste em fazer o que se considera certo. "Honra é servir sem estardalhaço." Rubashov bate em resposta, e pensa com certa satisfação que está batendo na parede com seu pincenê, enquanto o outro, uma relíquia do passado, está batendo com um monóculo. Como Bukhárin, Rubashov está "encarando uma negra escuridão". O que há ali, que código, que lealdade, que noção do bem e do mal, em cujo benefício ele deva desafiar o partido e suportar mais tormentos? Ele não apenas está sozinho, ele está vazio. Cometeu consigo mesmo crimes piores do que esse que agora está sendo perpetrado contra ele. Por exemplo, como enviado secreto do partido na Alemanha nazista ele se livrara de seguidores desobedientes entregando-os à Gestapo. Curiosamente, se ele tiver a força interior para resgatá-las, são as memórias de sua infância quando era o filho de um proprietário de terras. A última coisa de que se recorda no momento em que é fuzilado pelas costas são as folhas dos álamos na propriedade do pai. Rubashov pertence à velha geração de bolcheviques que foi amplamente varrida nos expurgos. Ele conhece a arte e a literatura do mundo exterior à Rússia. Contrasta de maneira nítida com Gletkin, o jovem da GPU que conduz seu interrogatório, que é o típico "bom quadro partidário", sem nenhum escrúpulo ou curiosidade, um gramofone pensante. Rubashov, diferentemente de Gletkin, não tem na revolução seu ponto de partida. Sua mente não era uma tábula rasa quando o partido se apossou dela. Sua superioridade sobre o outro é por fim rastreável à sua origem burguesa.

Não se pode, penso eu, alegar que *O Zero e o Infinito* seja apenas uma história que aborda as aventuras de um indivíduo imaginário. Claramente se trata de um livro político, baseado na história e oferece uma interpretação de eventos controversos. Rubashov poderia chamar-se Trotski, Bukharin, Rakovsky ou alguma outra figura relativamente civilizada entre os antigos bolcheviques. Se alguém escreve sobre os julgamentos de Moscou, tem de responder à pergunta: "Por que o réu confessou?", e a resposta que a ela se dá constitui uma decisão política. Koestler responde, com efeito: "Porque essa gente foi corrompida pela revolução à qual serviu" e, ao fazer isso, ele chega perto de afirmar que revoluções são, por sua própria natureza, ruins. Se alguém supuser que os réus nos julgamentos de Moscou foram obrigados a confessar por meio de algum tipo de terrorismo, só estará dizendo que determinado grupo de líderes revolucionários desviou-se do caminho. Devem-se culpar indivíduos, e não a situação. O que o livro de Koestler faz supor, no entanto, é que Rubashov no poder não seria melhor do que Gletkin; ou, então, só seria melhor na perspectiva de que ele é ainda pré-revolucionário. A revolução, parece dizer Koestler, é um processo corruptor. Penetre fundo na revolução e você terá de acabar como Rubashov ou como Gletkin. Não se trata apenas de que "o poder corrompe": assim fazem também os caminhos para que o poder seja obtido. Portanto, todos os esforços para regenerar a sociedade por meios violentos levam aos porões da OGPU, Lenin leva a Stalin, e chegaria a se parecer com Stalin se continuasse vivo.

Claro que Koestler nao o diz explicitamente, e talvez nem esteja de todo consciente disso. Ele está escrevendo sobre a escuridão, mas uma escuridão no que deveria ser a luz do meio-dia. Em parte do tempo ele acredita que tudo poderia ter sido diferente. A noção de que este ou aquele "traiu", de que as coisas só deram errado por causa de perversidade individual, está sempre presente no pensamento da esquerda. Mais tarde, em *Arrival and Departure,* Koestler muda de direção e se aproxima muito mais da posição antirrevolucionária, mas entre esses dois livros houve outro, *A Escória do Mundo,* que é francamente autobiográfico e só faz referência indireta aos problemas levantados em *O Zero e o Infinito.* Fiel a seu estilo de vida, Koestler foi apanhado na França pela irrupção da guerra e, como estrangeiro e antifascista conhecido, foi logo preso e encarcerado pelo governo de Daladier. Passou os nove primeiros meses da guerra principalmente num campo de prisioneiros e depois, durante o colapso da França, fugiu e, por caminhos tortuosos, chegou à Inglaterra onde foi, mais uma vez, jogado na prisão como inimigo alienígena. Dessa vez, no entanto, foi logo libertado. O livro é uma valiosa peça de reportagem e, juntamente com outros poucos fragmentos de escrita honesta produzidos na época da debacle, constitui um lembrete das profundezas a que pode chegar a democracia burguesa. Neste momento, com a França novamente libertada e a caça às bruxas atrás de colaboracionistas num ímpeto total, estamos prontos a esquecer que em 1940 vários observadores locais consideravam que cerca de quarenta por cento da população francesa era ou ativamente pró-Alemanha ou completamente apática. Livros de guerra verídicos nunca são aceitáveis para os não combatentes, e o livro de Koestler não teve uma recepção tão boa. Ninguém saiu muito bem dele — nem os políticos burgueses, cuja ideia de conduzir uma guerra antifascista consistia em prender cada esquerdista em que pudessem pôr as mãos, nem os comunistas franceses, que eram efetivamente pró-nazistas e fizeram o melhor que puderam para sabotar o esforço de guerra francês; nem as pessoas comuns, que foram capazes de seguir charlatães, como Doriot, como se fossem líderes responsáveis. Koestler registra algumas conversas fantásticas com seus colegas vítimas no campo de concentração e acrescenta que, até então, como a maioria dos socialistas e comunistas da classe média, ele nunca fizera contato com proletários reais, só com a minoria instruída. Ele chega a uma conclusão pessimista: "Sem educação das massas, nenhum progresso social; sem progresso social, nenhuma educação das massas". Em Escória do Mundo, Koestler deixa de idealizar as pessoas comuns. Ele abandona o stalinismo, mas não chega a ser um trotskista. Essa é a verdadeira conexão do livro com *Arrival and Departure,* no qual o que é normalmente chamado de perspectiva revolucionária é abolido, talvez para sempre.

Arrival and Departure não é um livro satisfatório. A pretensão de ser um romance é muito tênue; na verdade é um tratado que procura demonstrar que os credos revolucionários são racionalizações de impulsos neuróticos. Com uma simetria bem nítida, o livro começa e termina com a mesma ação — um salto num país estrangeiro. Um jovem ex-comunista que conseguiu fugir da Hungria salta na costa de Portugal, onde ele espera se alistar no serviço da Inglaterra – na época a única potência que lutava contra a Alemanha. Seu entusiasmo se ameniza pelo fato de o consulado britânico não se interessar por ele e quase ignorá-lo num período de vários meses, durante os quais seu dinheiro acaba e outros refugiados mais espertos fogem para a América. Ele é sucessivamente tentado pelo mundo na forma de um propagandista nazista, pela carne na forma de uma garota francesa, e — após um colapso nervoso — pelo Diabo na forma de uma psicanalista. A psicanalista arranca dele o fato de que seu entusiasmo revolucionário não se baseia em nenhuma crença real numa necessidade histórica, mas em um mórbido complexo de culpa por ter tentado, em sua primeira infância, cegar seu irmão bebê. No momento em que surge uma oportunidade de servir aos aliados, ele perde toda a motivação e se vê a ponto de ir para a América quando seus impulsos irracionais, novamente, se apoderam dele. Na prática, ele não pode abandonar a luta. No final do livro ele está pairando e baixando em um paraquedas sobre a paisagem escura de seu país nativo, onde será empregado como agente secreto da Grã-Bretanha.

Como declaração política (e o livro não é muito mais do que isso), é insuficiente. É claro que é verdade em muitos casos, e pode ser verdade em todos os casos, que a atividade revolucionária resulte de um desajuste pessoal. Aqueles que lutam contra a sociedade são, no todo, aqueles que têm motivos para não gostar dela, e pessoas normais e saudáveis não são atraídas por violência e ilegalidade mais do que o são pela guerra. O jovem nazista em *Arrival and Departure* faz a penetrante observação de que se pode ver o que há de errado no movimento esquerdista pela feiura de suas mulheres. Mas, afinal de contas, isso não invalida a causa socialista. As ações levam a resultados, independentemente de suas motivações. As verdadeiras motivações de Marx podem ter sido a inveja e o rancor, isso, porém, não prova que suas conclusões foram falsas. Ao fazer o herói de *Arrival and Departure* tomar sua decisão final com base em mero instinto de não se esquivar à ação e ao perigo, Koestler está fazendo-o sofrer uma súbita perda de inteligência. Com tal história por trás, ele deveria ser capaz de ver que certas coisas têm de ser feitas quer as razões para fazê-las sejam "boas", quer sejam "ruins". A história precisa se mover numa certa direção, mesmo que tenha de ser empurrada nessa direção por neuróticos. Em *Cruzada sem Cruz*, os ídolos de Peter são derrubados, um após outro. A Revolução Russa degenerou; a Grã-Bretanha, simbolizada no idoso cônsul com dedos gotosos, não é melhor; o proletariado internacional com consciência de classe é um mito. Mas a conclusão (uma vez que, afinal, Koestler e seu herói "apoiam" a guerra) deve ser que se livrar de Hitler ainda é um objetivo que vale a pena, certa limpeza necessária cujas motivações são quase irrelevantes.

Para tomar uma decisão política é preciso ter uma visão do futuro. No momento, Koestler parece não ter nenhuma, ou então tem duas que se anulam uma à outra. Como objetivo final ele acredita num Paraíso Terrestre, o Estado do Sol, que os gladiadores tentaram estabelecer e que assombrou a imaginação dos socialistas, anarquistas e hereges religiosos durante centenas de anos. Mas sua inteligência lhe diz que o Paraíso Terrestre está recuando para longe e o que efetivamente temos diante de nós é derramamento de sangue, tirania e privações. Recentemente ele descreveu a si mesmo como um "pessimista no curto prazo". Todo tipo de horror está soprando no horizonte, mas de algum modo tudo dará certo no fim. Essa perspectiva está provavelmente ganhando terreno entre os pensadores: ela resulta da grande dificuldade, após se ter abandonado uma crença religiosa ortodoxa, de aceitar a vida na terra como inerentemente miserável, e, por outro lado, da percepção de que fazer com que a vida seja vivível é um problema muito maior do que parecia ser até algum tempo atrás. Desde cerca de 1930, o mundo não deu motivo a nenhum tipo de otimismo. Não há nada à vista a não ser uma profusão de mentiras, ódio, crueldade e ignorância, e além de nossas aflições atuais se acumulam outras ainda maiores que só agora estão entrando na consciência europeia. É bem possível que os principais problemas do homem nunca sejam resolvidos. Mas isso também é impensável! Quem ousaria olhar o mundo de hoje e dizer a si mesmo: "Será sempre assim? Mesmo em um milhão de anos não poderá ser consideravelmente melhor?". Assim chega-se à crença quase mística de que por enquanto não há remédio, toda ação política será inútil, mas em algum lugar no espaço e no tempo a vida humana deixará de ser essa miserável coisa bestial que é agora.

A única saída fácil é a do crente religioso, que considera esta vida uma mera preparação para a próxima. Mas, hoje em dia, poucas pessoas capazes de fazer reflexões acreditam numa vida após a morte, e o número delas deve estar se reduzindo. É provável que as igrejas cristãs não sobrevivessem por mérito próprio se suas bases econômicas fossem destruídas.

O verdadeiro problema é como restaurar uma postura religiosa quando se aceita a morte como definitiva. Pessoas só podem ser felizes quando não pressupõem que o objetivo da vida é a felicidade. É bastante improvável, contudo, que Koestler aceitasse isso. Há uma inclinação hedonista muito marcante em seus escritos, e seu fracasso em adotar uma posição política após romper com o stalinismo é resultado disso.

A Revolução Russa, o evento central na vida de Koestler, começou com grandes esperanças. Hoje nos esquecemos disso, mas um quarto de século atrás esperava-se confiantemente que a Revolução Russa levaria à utopia. É óbvio que não aconteceu. Koestler tem uma visão aguçada demais para não enxergar isso, e sensível demais para não lembrar o objetivo original. Além do mais, de seu ângulo europeu, ele é capaz de ver coisas como expurgos e deportações em massa tais como elas são; ele não está, como Shaw ou Laskin, olhando para elas do lado errado do telescópio. Portanto, ele chega à conclusão: é para isso que levam as revoluções. Não resta outra escolha exceto ser "pessimista a curto prazo", isto é, ficar fora da política, criar uma espécie de oásis no qual você e seus amigos possam manter a sanidade, e esperar que, de algum modo, as coisas sejam melhores dentro de cem anos. Como base para isso está seu hedonismo, que o leva a pensar no Paraíso Terrestre como algo desejável. Talvez, no entanto, desejável ou não, ele não seja possível. Talvez algum grau de sofrimento seja inerradicável da vida humana, talvez a escolha diante do homem seja sempre uma escolha entre males, talvez até mesmo o objetivo do socialismo não seja tornar o mundo perfeito, mas fazê-lo melhor. Todas as revoluções são fracassos, mas não são todas o mesmo fracasso. É sua pouca disposição para admitir isso que leva os pensamentos de Koestler temporariamente a um beco sem saída e faz com que *Arrival and Departure* pareça superficial em comparação a seus livros anteriores.

MEMÓRIAS DA LIVRARIA (1936)

Quando eu trabalhei em uma livraria de livros de segunda mão — tão fácil de imaginar, se você nunca trabalhou em uma, como um tipo de paraíso onde cavalheiros charmosos folheavam livros eternamente — o que mais me chamava a atenção era a escassez de pessoas livrescas. Nossa loja tinha um estoque excepcionalmente interessante, e ainda assim duvido que dez por cento de nossos clientes conseguiam distinguir um livro bom de um ruim. Esnobes da primeira edição eram muito mais comuns do que amantes de literatura, mas estudantes orientais barganhando livros didáticos baratos eram ainda mais comuns, e mulheres de mente tacanha procurando presentes de aniversário para seus sobrinhos eram os mais comuns de todos.

Muitas das pessoas que vinham até nós eram do tipo que seriam um incômodo em qualquer outro lugar, mas que tinham oportunidades especiais em uma livraria. Por exemplo, a querida senhora que "quer um livro para um inválido" (uma demanda bastante comum) e outra querida senhora que leu um bom livro em 1897 e imaginava se eu poderia encontrar uma cópia. Infelizmente, ela não se lembrava nem do título nem do autor do livro, tampouco do que se tratava, mas ela se lembrava de que ele tinha uma capa vermelha. Mas além desses, há dois tipos bem conhecidos de pestes pelas quais toda livraria de segunda mão é assombrada. Uma é a pessoa decadente com cheiro de crostas de pão que vem todo dia, às vezes mais de uma vez por dia, e tenta vender livros sem valor algum. O outro tipo é a pessoa que pede grandes quantidades de livros pelos quais não tem a menor intenção de pagar. Na nossa loja não vendíamos nada a crédito, mas poderíamos separar livros, ou encomendá-los se necessário, para pessoas que combinassem de retirá-los depois. Dificilmente metade das pessoas que pediam livros para nós voltava. Isso me indagava no começo. Por que faziam isso? Essas pessoas apareciam e pediam um livro raro e caro, nos faziam prometer várias vezes que iríamos reservá-lo, e daí desapareciam sem nunca retornar. Mas muitas delas, é claro, eram sem dúvida paranoicas. Costumavam falar de maneira grandiosa sobre si mesmas e contar as histórias mais engenhosas para explicar como chegaram a perder todo o seu dinheiro — histórias que, em muitos casos, tenho certeza de que elas mesmas acreditavam. Em uma cidade como Londres, sempre há uma quantidade de lunáticos não muito críveis perambulando pelas ruas, e eles tendem a gravitar pelas livrarias porque uma livraria é um dos poucos lugares onde você pode passar um longo tempo sem gastar dinheiro. No fim das contas, você acaba identificando essas pessoas só de olhá-las. Há algo arcaico e sem propósito em suas conversas. Frequentemente, quando estávamos lidando com um óbvio paranoico, separávamos os livros que ele havia pedido e colocávamos de volta nas prateleiras quando ele ia embora. Percebi que nenhum deles nunca tentou levar algum livro sem pagar; meramente pedir por eles era o bastante — isso gerava neles, acredito, a ilusão de que estavam gastando dinheiro de verdade.

Como a maioria das livrarias de livros de segunda mão, tínhamos vários outros produtos. Vendíamos máquinas de escrever usadas, por exemplo, e também selos — usados. Colecionadores de selos são um tipo estranho de pessoas que pareciam peixes, quietos, de todas as idades, mas apenas do sexo masculino; mulheres, aparentemente, não eram capazes de apreciar o charme peculiar de colar pedaços de papéis coloridos em álbuns. Nós também vendíamos horóscopos baratos compilados por alguém que alegava ter previsto o terremoto japonês. Eles ficavam lacrados em envelopes, os quais nunca cheguei a abrir, mas as pessoas que os compravam costumavam voltar e nos contar quão "verdadeiro" seus horóscopos eram. (Nitidamente, horóscopo algum parece ser "verdadeiro se ele lhe disser que você é considerado muito atraente pelo sexo oposto e seu maior defeito é a generosidade.) Nós tínhamos uma boa oferta de livros infantis, principalmente "restantes". Livros modernos para crianças são coisas horríveis, especialmente quando se constata que eles atingem a massa. Pessoalmente, eu preferiria dar a uma criança uma cópia de Petronius Arbiter a dar *Peter Pan,* mas mesmo Barrie parece viril e íntegro se comparado a alguns de seus imitadores. Durante a época de Natal, passávamos dez dias frenéticos lidando com cartões natalinos e calendários, que são coisas bem cansativas de fazer mas que vendiam bem durante essa época. Eu achava interessante ver o cinismo brutal com o qual o sentimento cristão era explorado. Os catálogos dos cartões de Natal costumavam chegar por volta de junho. Uma frase de um de seus recibos ficou gravada na minha memória: "Duas dezenas. Pequeno Jesus com coelhos".

Nossa principal especialidade, no entanto, era a de empréstimo de livros — a tradicional biblioteca "dois centavos sem depósito" de quinhentos ou seiscentos volumes, somente ficção. Os ladrões de livros deviam amar essas bibliotecas! Era o crime mais fácil do mundo levar um livro de uma loja por dois centavos, remover a etiqueta e vendê-lo em outra loja por um xelim. Mesmo assim, os vendedores de livros, geralmente, acham que compensa mais para eles ter um certo número de livros roubados (costumávamos perder cerca de uma dúzia por mês) do que assustar a clientela por solicitar um depósito.

Nossa loja ficava exatamente na divisa entre Hampstead e Camden Town, e apareciam pessoas de todo tipo, desde baronetes até motoristas de ônibus. Provavelmente os frequentadores de nossa biblioteca representavam uma bela fatia do público leitor de Londres. Portanto vale notar que, de todos os autores de nossa biblioteca, os que mais se esgotavam eram Priestley? Hemingway? Walpole? Wodehouse? Não, Ethel M. Dell, seguido de Warwick Deeping e Jeffrey Farnol, eu diria, em terceiro. Os romances de Dell, claro, eram lidos somente por mulheres, mas por mulheres de todos os tipos e idade e não, como se poderia imaginar, meramente por solteironas melancólicas e viúvas gordas de tabagistas. Não é verdade que homens não leem romances, mas é verdade que há categorias inteiras de ficção que eles evitam. Grosso modo, o que se considera um romance-padrão — o ordinário, bom-ruim, do tipo Galsworthy aguado que é a norma para o romance inglês — parece existir apenas para mulheres. Os homens ou lêem os romances que é possível respeitar, ou histórias de detetive. Mas seu consumo de histórias de detetives é formidável. Que eu saiba, um de nossos assinantes leu quatro ou cinco histórias de detetive por semana durante um ano, além de outros que ele retirava de outra biblioteca. O que mais me surpreendeu é que ele nunca lia o mesmo livro duas vezes. Pelo visto, a totalidade daquela temerosa enxurrada de lixo (calculei que as páginas lidas por ano cobririam quase três quartos de um acre) ficava armazenada para sempre em sua memória. Ele não prestava atenção aos títulos ou ao nome dos autores, mas, só de dar uma olhada, ele sabia se já havia lido aquele livro.

Em uma biblioteca de empréstimos, percebe-se o verdadeiro gosto das pessoas, e não seus falsos gostos, e uma coisa que desnorteia é quanto os novelistas ingleses "clássicos" caíram do gosto popular. É simplesmente inútil colocar Dickens, Thackeray, Jane Austen ou Trollope em uma biblioteca comum; ninguém irá retirá-los. Ao verem um romance do século XIX, as pessoas dizem "Oh, mas isso é velho!", e se afastam imediatamente. Ainda assim, é razoavelmente fácil vender Dickens, assim como é sempre fácil de vender Shakespeare. Dickens é um desses autores que as pessoas estão "sempre buscando" ler e, como a *Bíblia,* é bem popular nos sebos. Ouvia-se falar que Bill Sikes era um ladrão e que o Sr. Micawber era careca, assim como se ouvia falar que Moisés foi encontrado em uma cesta feita de juncos e viu as "partes traseiras" do Senhor. Outra coisa que é muito perceptível é a crescente impopularidade de livros americanos. E outra — as editoras se desesperam com isso a cada dois ou três anos — é a impopularidade dos contos. O tipo de pessoa que pede a um bibliotecário para escolher um livro para ele quase sempre começa dizendo "não quero contos", ou "não desejo contos", como um cliente alemão nosso costumava dizer. Se perguntássemos o motivo, às vezes eles explicavam que é muito cansativo se acostumar a um conjunto novo de personagens a cada história; eles gostam de "entrar" em um romance que não exige mais reflexão após o primeiro capítulo. Acredito, contudo, que os escritores são mais passíveis de culpa que os leitores. A maioria dos contos modernos, ingleses e americanos, é completamente inútil e sem valor, muito mais que a maioria dos romances. Os contos que são de fato histórias são populares o bastante, vide D. H. Lawrence, cujos contos são tão populares quanto seus romances.

Se eu gostaria de ser um livreiro de ofício? Absolutamente — apesar da gentileza de meu empregador e de alguns dias felizes que passei na loja — não.

Com a orientação certa e o capital certo, qualquer pessoa instruída poderia passar a viver da renda de uma livraria. A menos que você decida oferecer livros "raros", não é um ofício difícil de aprender, e você sai em grande vantagem se souber alguma coisa do ramo de livros (a maioria dos livreiros não sabe. Pode-se ter uma ideia ao olhar a papelada comercial onde eles anunciam suas falhas. Se não vir um anúncio para *Decline and Fall* de Boswell, com certeza verá para *O Moinho à Beira do Rio* de T.S. Eliot). É também um tipo de ofício humano em que não é possível ser vulgarizado depois de certo ponto. Os conglomerados nunca conseguem fechar as pequenas livrarias independentes da mesma forma como conseguiram acabar com as mercearias e com os entregadores de leite. Mas as horas de trabalho são longas — eu era apenas funcionário de meio período, mas meu empregador me fazia cumprir setenta horas semanais, além das constantes viagens para comprar livros — e é uma vida insalubre. Como via de regra, uma livraria é terrivelmente fria no inverno, porque se for muito quente, as vitrines ficam embaçadas, e uma livraria vive de suas vitrines. E livros juntam mais poeira e sujeira que qualquer outro tipo de objeto já inventado, e as capas dos livros parecem ser o local preferido para as moscas-varejeiras morrerem.

Mas o motivo real de eu escolher não trabalhar no comércio de livros é que, enquanto estive nele, perdi a paixão pelos livros. Um livreiro precisa mentir sobre livros e isso acaba tirando seu gosto; pior ainda é o fato de ele constantemente empurrar livros sem discrição nenhuma. Houve uma época em que eu realmente amava livros — desde sua visão, seu cheiro e o ato de segurá-los, quer dizer, se eles tivessem pelo menos cinquenta anos de idade. Nada me agradava mais do que comprar um monte deles por um xelim em um leilão no interior. Há um gosto peculiar nos livros surrados e inesperados que se pode resgatar em uma coleção assim: poetas obscuros do século XVIII, dicionários geográficos desatualizados, grandes volumes de romances esquecidos, volumosas revistas femininas dos anos 60. Para leitura casual — na banheira, por exemplo, ou tarde da noite quando se está cansado demais para ir para a cama, ou naqueles quinze minutinhos antes do almoço —, não há nada como ler uma velha edição de *Girl's Own Paper*. Mas assim que comecei a trabalhar na livraria, parei de comprar livros. Vistos circulando pela massa, cinco ou dez mil de uma vez, os livros se tornam entediantes e até mesmo enjoativos. Hoje em dia, compro um ou outro ocasionalmente, mas apenas se é um livro que quero ler e não posso pegar emprestado, e nunca compro usado. O cheiro doce do papel decantando já não me atrai. Na minha cabeça ele está profundamente associado a clientes paranoicos e moscas-varejeiras mortas.

WELLS, HITLER E O ESTADO MUNDIAL (1941)

"Em março ou abril, dizem os sabichões, a Grã-Bretanha sofrerá um estupendo nocaute... O que Hitler tem a ver com isso, não posso imaginar. Seus recursos militares vazantes e dispersos estão agora, provavelmente, não muito maiores que os dos italianos antes de eles os colocarem a teste na Grécia e África."

"O poder aéreo alemão já foi demasiadamente gasto. Está obsoleto e a maioria dos homens de suas linhas de frente está morta, exausta ou abatida."

"Em 1914, o exército de Hohenzollern era o melhor do mundo. Por trás daquele pequeno biruta gritante em Berlim não há nada do tipo... Ainda assim, nossos experts militares discutem o fantasma à espreita. Em suas imaginações, ele é perfeito em seus equipamentos e invencível em disciplina. Às vezes, dizem que é para desencadear ataques fulminantes através da Espanha e norte da África, ou marchar através dos Bálcãs, marcar do Danúbio a Ancara, para a Pérsia, para a Índia ou para 'esmagar a Rússia', ou 'derramar' sobre o Brenner na Itália. As semanas passam e o fantasma não realiza nenhuma dessas coisas — por uma excelente razão. Ele não existe dessa forma. A maior parte de suas armas inadequadas e munições lhe foi tomada e perdida nas manobras tolas de Hitler para invadir a Grã-Bretanha. E sua disciplina tacanha e frágil está murchando sob a percepção rastejante de que a *Blitzkrieg* está vendida, e a guerra está começando a cobrar sua conta."

Essas citações não foram tiradas do jornal da cavalaria, mas de uma série de artigos jornalísticos de H.G. Wells, escritas no começo deste ano e agora reimpressas em livro intitulado *Guide to the New World.* Desde que eles foram escritos, o Exército alemão invadiu os Bálcãs e reconquistou Cirenaica, pode marchar através da Turquia ou da Espanha a qualquer momento e ainda realizou a invasão da Rússia. Como esta campanha irá se desfechar, eu não sei, mas vale ressaltar que o Estado Maior alemão, cuja opinião provavelmente deve valer alguma coisa, não teria iniciado isso se não tivesse certeza de que conseguiria concluir em três meses. Já basta de pensar no Exército alemão como ineficiente, seu equipamento inadequado, sua moral se partindo etc.

O que Wells quis determinar com o "pequeno biruta gritante em Berlim"? A velha bobagem sobre um Estado mundial, mais a Declaração de Sankey, que é uma tentativa de definição dos direitos humanos fundamentais, de tendência antitotalitarista. Exceto que está agora especialmente preocupado com o controle federal mundial do poder aéreo, é o mesmo evangelho que foi pregado quase ininterruptamente pelos últimos quarenta anos, sempre com um ar de surpresa raivosa contra os seres humanos que falham em perceber algo tão óbvio.

Qual é a necessidade de dizer que um Estado mundial é desejável? O que importa é que nenhuma das cinco grandes potências militares se sujeitariam a tal coisa. Todos os homens sensatos por décadas estiveram substancialmente em acordo com o que Wells diz; mas os homens sensatos não têm poder nem, em muitos casos, disposição para se sacrificar. Hitler é um lunático criminoso, e ele tem um exército de milhões de homens, aviões aos milhares, tanques às dezenas de milhares. Para seu bem, uma grande nação se sujeitou a uma sobrecarga de trabalho por seis anos e, depois, a combater por mais dois anos, seja pela visão de mundo essencialmente hedonística e de senso comum que Wells sugeriu, dificilmente uma criatura humana se sujeitará a derramar sangue. Antes de sequer começar a pensar na reconstrução do mundo, ou mesmo de paz, é preciso eliminar Hitler, o que significa entrar em uma dinâmica não necessariamente igual à dos nazistas, mas provavelmente tão inaceitável para pessoas hedonistas e "iluminadas". O que manteve a Inglaterra de pé durante o último ano? Em parte, sem dúvida, alguma ideia vaga sobre um futuro melhor, mas principalmente a emoção atávica do patriotismo, o sentimento arraigado das pessoas que falam a língua inglesa de que são superiores aos estrangeiros. Pelos últimos vinte anos, o objetivo principal dos ingleses intelectuais de esquerda foi quebrar esse sentimento, e se eles tivessem conseguido, estaríamos vendo aos homens da SS patrulhando as ruas de Londres neste momento. Da mesma forma, por que os russos estão lutando como tigres contra a invasão germânica? Em parte, talvez, por algum meio esquecido ideal do socialismo utópico, mas principalmente em defesa da Rússia Sagrada (o "solo sagrado da pátria" etc.) que Stalin reviveu apenas de uma forma levemente alterada. A energia que molda o mundo surge a partir de emoções — orgulho racial, adoração ao líder, crença religiosa, amor à guerra — que os intelectuais liberais de forma mecânica descrevem como anacronismos, e que normalmente eles destruíram por inteiro neles mesmos, de forma que perderam todo o poder de ação.

As pessoas que dizem que Hitler é o anticristo, ou alternativamente, o Espírito Santo, estão mais próximas de entender a verdade que os intelectuais que, por dez sofríveis anos, acreditaram que ele é apenas um personagem de uma ópera cômica, indigno de ser levado a sério. Toda essa ideia reflete as condições protegidas da vida inglesa. O Clube do Livro de Esquerda era, no fundo, um produto da Scotland Yard, assim como a União de Garantia da Paz é um produto da Marinha. Uma revelação dos últimos dez anos foi o aparecimento do "livro político", um tipo de panfleto gigante combinando história com crítica política, como uma importante forma literária. Mas nenhum dos melhores escritores dessa linha — Trotski, Rauschning, Rosenberg, Silone, Borkenau, Koestler, entre outros — é inglês e quase nenhum foi renegado de um ou outro partido extremista; eles viram o totalitarismo de perto e conheceram o exílio e perseguição. Apenas nos países de língua inglesa era elegante acreditar, na beira da erupção da guerra, que Hitler era um lunático sem importância e que os tanques alemães eram feitos de papelão. Wells, como visto nas citações acima, às vezes acreditava em algo do tipo. Eu não imagino que nem as bombas ou a campanha alemã na Grécia tenham mudado sua opinião. Um longo hábito de pensamento se mantém entre ele e o entendimento do poder de Hitler.

Wells, como Dickens, pertence à classe média civil. O trovão das armas, o balançar das esporas, o nó na garganta quando a velha bandeira é hasteada, o mantém manifestamente frio. Ele sente um ódio invencível da luta, caça, lado fanfarrão da vida, simbolizado em seus primeiros livros por uma violenta propaganda contra cavalos. O principal vilão de sua visão da história é o aventureiro militar Napoleão. Qualquer livro que ele tenha escrito nos últimos quarenta anos contém a mesma ideia de forma recorrente, se observada: a suposta antítese entre o homem da ciência que trabalha em direção a um planejado Estado mundial e o reacionário, que está tentando restaurar um passado desordenado. Em romances, utopias, ensaios, filmes, panfletos, a antítese brota sempre, mais ou menos, da mesma forma. De um lado a ciência, ordem, progresso, internacionalismo, aeronaves, aço, concreto, higiene; do outro, guerra, nacionalismo, religião, monarquia, camponeses, professores de grego, poetas, cavalos. A história como ele a enxerga é uma série de vitórias conquistadas pelo homem científico sobre o homem romântico. Agora, ele está provavelmente certo em assumir que uma forma planejada e "razoável" de controle, com cientistas no lugar de feiticeiros, irá prevalecer cedo ou tarde, mas isso é uma questão diferente do que assumir que isso tudo está ali, virando a esquina. Também sobrevive em algum lugar por aí a interessante controvérsia que aconteceu entre Wells e Churchill durante o tempo da Revolução Russa. Wells acusa Churchill de nem mesmo ele acreditar na própria propaganda sobre os bolcheviques como monstros derramando sangue, mas, sim, de temer o fato de que eles estavam prestes a apresentar uma era de senso comum e controle científico, em que patriotas, como o próprio Churchill, não teriam lugar. A ideia de Churchill sobre os bolcheviques, de toda forma, era mais próxima da realidade que a de Wells. Os bolcheviques de antigamente podem não ter sido anjos ou demônios, da forma como eram vistos, mas não eram tampouco homens sensatos. Eles estavam introduzindo não uma utopia wellsiana mas a regra dos santos, que, como a regra dos santos inglesa, era um despotismo militar animado por julgamentos de bruxaria. O mesmo equívoco reaparece de forma invertida na atitude de Wells perante os nazistas. Hitler é todos os senhores da guerra e feiticeiros da história embrulhados em uma só pessoa. Portanto, argumenta Wells, ele é de um absurdo, um fantasma do passado, uma criatura condenada a desaparecer quase imediatamente. Mas, infelizmente, a equação da ciência com o senso comum não se sustenta assim. O avião, que se esperava que influenciasse a civilização e na prática não serviu para muito além do que soltar bombas, é um símbolo desse fato. A Alemanha moderna é muito mais científica que a Inglaterra, e muito mais bárbara também. Muito do que Wells imaginou e trabalhou está presente na Alemanha nazista. A ordem, o planejamento, o encorajamento da ciência pelo Estado, o aço, o concreto, os aviões, está tudo lá, mas ao serviço de ideias apropriadas para a Idade das Pedras. Ciência é lugar do lado da superstição. Mas obviamente é impossível para Wells aceitar isso. Isso contradiria a visão do mundo na qual seus próprios trabalhos se baseiam. Os senhores da guerra e os feiticeiros devem fracassar, o senso comum do Estado mundial, como visto por um liberal do século XIX com um coração que não salta ao som de cornetas, deve triunfar. Traição e derrotismo à parte, Hitler não pode ser visto como um perigo. Que ele possa finalmente vencer seria uma reversão impossível da história, como uma restauração jacobita.

Mas não é um tipo de parricídio para uma pessoa da minha idade (trinta e oito) apontar defeitos em H.G. Wells? Pessoas pensantes que nasceram no começo deste século são, de certa forma, criação do próprio Wells. Quanta influência um mero escritor tem, principalmente um escritor "popular" com um trabalho de efeito rápido, é algo questionável, mas duvido que alguém que tenha escrito livros entre 1900 e 1920, em qualquer ritmo, na língua inglesa, influenciou tanto a juventude. A mente de todos nós, e portanto o mundo físico, seria perceptivelmente diferente se Wells não tivesse existido. Apenas a singularidade da mente, a imaginação unilateral que o tornou algo como um profeta da era eduardiana, o transformam em um pensador vazio e inadequado agora. Quando Wells era jovem, a antítese entre ciência e reação não era falsa. A sociedade era governada por pessoas de visão profundamente limitada e de mente tacanha, homens de negócios predatórios, escudeiros maçantes, bispos, políticos que conseguiram citar Horácio mas nunca ouviram falar de álgebra. A ciência tinha uma fraca reputação e a crença religiosa era obrigatória. Tradicionalismo, estupidez, esnobismo, patriotismo, superstição e amor à guerra pareciam estar todos do mesmo lado; havia a necessidade de alguém que pudesse manifestar um ponto de vista contrário. Lá pelos anos 1900, era uma experiência maravilhosa para um garoto descobrir H.G. Wells. Lá estava você, em um mundo de pedantes, clérigos e golfistas, com seus futuros empregados, exortando-o a "entrar ou sair", seus pais sistematicamente deturpando sua vida sexual e seus diretores escolares estúpidos debochando sobre suas frases em latim; e aqui estava esse maravilhoso homem que poderia lhe dizer sobre os habitantes dos planetas e do fundo do mar, e que sabia que o futuro não seria o que pessoas respeitáveis imaginavam. Uma década ou mais antes de aviões serem tecnicamente viáveis, Wells sabia que em pouco tempo o homem conseguiria voar. Ele sabia disso porque ele mesmo queria poder voar, e portanto sentiu que a pesquisa naquela direção prosseguiria. Por outro lado, mesmo quando eu era um pequeno garoto, em uma época em que os irmãos Wright conseguiram levantar sua máquina do chão por cinquenta e nove segundos, a opinião popularmente aceita era a de que, se Deus quisesse que voássemos, ele nos daria asas. Até 1914, Wells estava no meio e era um verdadeiro profeta. Os detalhes físicos de sua visão do novo mundo estavam sendo cumpridos de forma surpreendente.

Mas pelo fato de ele pertencer ao século XIX e a uma nação e classe não militar, ele não conseguiria dar conta da tremenda força do velho mundo que era simbolizado por conservadores caçadores de raposas. Ele era, e ainda é, incapaz de entender que nacionalismo, intolerância religiosa e lealdade feudal são forças muito mais poderosas do que ele mesmo descreveria como sanidade. Criaturas da era das trevas marchavam para o presente, e, se eram fantasmas, de nenhuma forma precisavam de uma magia forte para derrubá-las. As pessoas que mostraram melhor entendimento do fascismo são ou aquelas que sofreram diante dele ou que têm uma tendência ao fascismo elas próprias. Um livro bruto como *The Iron Heel,* escrito quase trinta anos atrás, é uma profecia mais verossímil ao futuro do que *Admirável Mundo Novo* ou *The Shape of Things to Come.* Se alguém tivesse que escolher entre os próprios contemporâneos de Wells um escritor que se impusesse contra ele como um corretivo, talvez escolhesse Kipling, que não era surdo para as vozes demoníacas do poder e "glória" militar. Kipling teria entendido o apelo de Hitler, ou se tratando de Stalin, seja lá quais suas atitudes fossem. Wells é são demais para entender o mundo moderno. A sucessão de romances de classe média baixa é sua grande conquista, que cessou logo após a outra guerra e nunca recomeçou, e desde 1920 ele desperdiça seu talento matando dragões de papel. Mas quanto custa, afinal, ter algum talento para desperdiçar.

COMO MORREM OS POBRES

No ano de 1929, passei várias semanas no Hôpital X, no décimo quinto *arrondissement* de Paris. As recepcionistas me submeteram ao interrogatório usual, e de fato fiquei respondendo a perguntas por cerca de vinte minutos antes de me deixarem entrar. Se você já teve que preencher formulários em um país latino, você saberá o tipo de perguntas a que me refiro. Por alguns dias, eu fui incapaz de traduzir Réaumur em Fahrenheit, mas sei que minha temperatura estava em torno de 103 (39,5 ºC), e no final da entrevista tive alguma dificuldade para ficar em pé. Atrás de mim, um pequeno grupo de pacientes resignados, carregando pacotes embrulhados em lenços coloridos, esperou a vez de ser questionado.

Depois do questionamento veio o banho — uma rotina obrigatória para todos os recém-chegados, aparentemente, assim como na prisão ou no asilo. Minhas roupas foram tiradas de mim, e depois me sentei tremendo por alguns minutos em cinco dedos de água quente, recebi uma camisola de linho e um roupão curto de flanela azul — sem chinelos, eles disseram que não tinham nenhum grande o suficiente para mim — e fui levado para o ar livre. Era uma noite de fevereiro e eu estava sofrendo de pneumonia. A enfermaria para onde iríamos estava a cerca de duzentos metros de distância e dava a impressão de que, para chegar lá, era preciso atravessar o terreno do hospital. Alguém tropeçou na minha frente com uma lanterna. O caminho de cascalho estava gelado sob os pés, e o vento agitava a camisola em volta das minhas panturrilhas nuas. Quando entramos na enfermaria, eu estava ciente de um estranho sentimento de familiaridade, cuja origem não tive sucesso em determinar até tarde da noite. Era uma sala longa, bastante baixa e mal iluminada, cheia de vozes murmurantes e com três fileiras de camas surpreendentemente próximas. Havia um cheiro fétido, fecal e ainda adocicado. Quando me deitei, vi em uma cama quase em frente a mim um pequeno homem sentado seminu, de ombros redondos, cabelos cor de areia, enquanto um médico e um estudante realizavam alguma operação estranha nele. Primeiro o médico tirou de sua bolsa preta uma dúzia de pequenos copos iguais a copos de vinho, então, o aluno queimou um fósforo dentro de cada copo para exaurir o ar, na sequência, o copo foi colocado nas costas e no peito do homem, e o aspirador desenhou uma enorme bolha amarela. Só depois de alguns momentos percebi o que eles estavam fazendo com ele. Era algo chamado de escavação, um tratamento sobre o qual se pode ler em livros antigos de medicina mas que, até então, eu havia pensado vagamente ser daquelas coisas que se fazem com cavalos.

O ar frio lá fora provavelmente baixou minha temperatura, e eu observei aquele remédio bárbaro com desapego e até mesmo com certa dose de diversão. No momento seguinte, no entanto, o médico e o estudante vieram até a minha cama, me ergueram e sem uma palavra começaram a aplicar o mesmo conjunto de copos, que não foram esterilizados de nenhuma forma. Os fracos protestos que proferi não tiveram resposta alguma, como se eu fosse um animal. Fiquei muito impressionado com a maneira impessoal com que os dois homens me trataram. Eu nunca tinha estado na ala pública de um hospital antes, e foi minha primeira experiência com médicos que tratam pessoas sem falar com elas ou, em um sentido humano, sem prestar atenção nelas. No meu caso, eles só colocaram seis copos, mas depois de fazer isso escarificaram as bolhas e aplicaram os copos novamente.

Cada copo agora desenhava cerca de uma colher de sobremesa cheia de sangue de cor escura. Quando me deito novamente, humilhado, enojado e assustado com a coisa que tinha sido feita comigo, eu refleti que agora pelo menos eles me deixariam sozinho. Mas não, nem um pouco. Havia outro tratamento chegando, o cataplasma de mostarda, aparentemente uma questão de rotina como o banho quente. Duas enfermeiras desleixadas já tinham recebido o cataplasma pronto, e elas o amarraram em volta do meu peito tão apertado quanto uma camisa de força, enquanto alguns homens que vagavam pela enfermaria de camisa e calças começaram a se acumular em volta da minha cama com uma expressão meio solidária e sorrisos. Aprendi mais tarde que ver a aplicação de mostarda de cataplasma num paciente era o passatempo favorito na enfermaria. Essas coisas, em geral, aplicadas por um quarto de hora e certamente são engraçadas o suficiente se você não for a pessoa por dentro. Nos primeiros cinco minutos a dor é forte, mas você acredita que pode suportar isso. Durante os cinco minutos seguintes, essa crença se evapora, mas o cataplasma está afivelado na parte de trás e você não consegue tirá-lo. Esse é o período de que os espectadores mais gostam. Durante os últimos cinco minutos, observei, sobrevém uma espécie de dormência. Depois que o cataplasma tinha sido removido, um travesseiro impermeável embalado com gelo foi empurrado sob minha cabeça e fui deixado sozinho. Eu não dormi, e, pelo que sei, essa foi a única noite da minha vida — quero dizer, a única noite passada na cama — na qual não dormi nada, nem mesmo por um minuto.

Durante a minha primeira hora no Hôpital X, recebi toda uma série de tratamentos diferentes e contraditórios, mas isso foi enganoso, pois, em geral, se recebe muito pouco tratamento, bom ou ruim, a menos se você estiver doente de um jeito interessante e instrutivo. Às cinco da manhã, as enfermeiras chegaram, acordaram os pacientes e mediram a temperatura, mas não os lavaram. Se você estivesse bem, você mesmo se lavava, caso contrário, você dependia da gentileza de algum paciente capaz de andar. Eram também os pacientes que, em geral, levavam as garrafas de urina e a comadre, apelidada de *la casserole*. Às oito, chegou o café da manhã, chamado *la soupe,* como a do Exército. Era sopa também, uma fina sopa de legumes com pedaços pegajosos de pão boiando. Mais tarde naquele dia, o médico alto e solene de barba negra fez sua ronda, com um *interne* e uma tropa de estudantes seguindo em seus calcanhares, mas havia cerca de sessenta de nós na enfermaria e era evidente que ele tinha outras enfermarias para cuidar também. Lá havia muitas camas pelas quais ele caminhava, dia após dia, às vezes seguido por gritos suplicantes. Por outro lado, se você tivesse alguma doença com a qual os alunos queriam se familiarizar, você teria bastante atenção. Eu mesmo, com um excepcionalmente belo espécime de um chocalho brônquico, às vezes, tinha até uma dúzia de alunos fazendo fila para ouvir meu peito. Isso foi um sentimento muito estranho — estranho pelo fato de, ao lado do interesse deles em aprender a profissão, havia uma aparente falta de qualquer percepção de que os pacientes eram seres humanos. É estranho contar isso, mas, às vezes, quando algum jovem estudante se adiantava para ter a vez de manipular você, ele ficava realmente trêmulo com entusiasmo, como um menino que finalmente colocou as mãos em alguma peça cara de maquinário. E, então, orelha após orelha — orelhas de rapazes, de moças, de negros —, pressionadas as costas, revezamentos de dedos solenemente, mas batendo desajeitadamente, de nenhum deles se recebe uma palavra de conversa ou um olho direto no rosto. Como paciente não pagante, de uniforme de camisola, você era principalmente um espécime, uma coisa de que eu não me ressentia, mas nunca poderia me acostumar.

Depois de alguns dias, melhorei o suficiente para sentar e estudar os pacientes circundantes. O quarto abafado, com suas camas estreitas e tão próximas que você poderia facilmente tocar a mão de seu vizinho, tinha todo tipo de doença, exceto, suponho, casos de infecção aguda. Meu vizinho da direita era um sapateiro pequeno e ruivo com uma perna mais curta que a outra, que costumava anunciar a morte de qualquer outro paciente (isso aconteceu várias vezes, e meu vizinho era sempre o primeiro a saber disso) assobiando para mim, exclamando "número 43!" (ou o número que fosse) e jogando os braços acima da cabeça. Aquele homem não tinha nada muito grave, mas, na maioria das outras camas, dentro do meu ângulo de visão, alguma tragédia esquálida ou algum horror puro estava sendo promulgado. Na cama que estava pé com pé com a minha, lá estava, até que ele morresse (eu não o vi morrer — ele foi levado para outra cama), um homenzinho cansado sofrendo de não sei que doença, mas algo deixou todo o seu corpo tão intensamente sensível que qualquer movimento de um lado para o outro, às vezes até mesmo o peso da roupa de cama, o fazia gritar de dor. Seu pior sofrimento foi quando urinou, o que ele fez com a maior dificuldade. Uma enfermeira trazia para ele a garrafa e então por um longo tempo ficava ao lado de sua cama, assobiando, como os cavalariços costumam fazer com os cavalos, até que finalmente com um grito agonizante de *"Je pisse!"* ele começava. Na cama ao lado dele, o homem ruivo de cabelos cor de areia, que eu vira com as ventosas, costumava tossir um muco com filetes de sangue a toda hora. Meu vizinho da esquerda era um jovem alto e de aparência flácida que costumava ter um tubo inserido periodicamente em suas costas e quantidades surpreendentes de líquido espumoso retirado de alguma parte de seu corpo. Na cama além dele, um veterano da guerra de 1870 estava morrendo, um velho bonito com um pequena barba branca embaixo do queixo, em cuja cama, em todas as horas em que a visita era permitida, quatro parentes idosas vestidas de preto sentavam-se exatamente como corvos, obviamente à espera de alguma herança miserável. Na cama oposta à minha, na fileira mais distante, estava um velho careca com bigodes caídos e rosto e corpo muito inchados, que estava sofrendo de alguma doença que o fazia urinar quase incessantemente. Um enorme receptáculo de vidro estava sempre ao lado de sua cama. Um dia, sua esposa e sua filha vieram visitá-lo. À vista delas, o rosto inchado do velho se iluminou com um sorriso de surpreendente doçura, e, quando sua filha, uma linda garota de cerca de vinte anos, se aproximou da cama, vi que a mão dele se movia lentamente sob as cobertas. Eu parecia ver com antecedência o gesto que estava vindo — a menina ajoelhada ao lado da cama, a mão do velho posta em sua cabeça em sua bênção de morte. Mas não, ele meramente entregou a ela a garrafa de urina, que ela prontamente pegou dele e esvaziou no receptáculo.

Cerca de uma dúzia de camas de mim, estava o número 57 — eu acho que esse era o seu número — um caso de cirrose do fígado. Todos na enfermaria o conheciam de vista porque, às vezes, ele era o assunto de uma palestra médica. Duas tardes por semana, o alto e sério médico faria uma palestra na enfermaria para um grupo de alunos, e em mais de uma ocasião o antigo número 57 foi trazido para dentro em uma espécie de bonde no meio da enfermaria, onde o médico levantaria sua camisola, dilataria com os dedos uma enorme protuberância flácida na barriga do homem — o fígado doente, eu suponha — e explicaria solenemente que esta era uma doença atribuível ao alcoolismo, mais comum nos países consumidores de vinho. Como de costume, ele não falou com seu paciente nem lhe deu um sorriso, um aceno ou algum tipo de reconhecimento. Enquanto ele falava, muito sério e circunspecto, segurava o corpo devastado sob suas mãos, girando-o às vezes para lá e para cá, na mesma atitude de uma mulher que segura um rolo de macarrão. Não que o número 57 se importasse com esse tipo de coisa. Obviamente ele era um antigo interno do hospital, em exibição regular em palestras, seu fígado havia muito devia estar marcado para ser preservado num recipiente de algum museu patológico. Totalmente desinteressado no que era dito a seu respeito, ele mentiria com seus olhos sem cor olhando para o nada, enquanto o médico o exibia como uma peça da porcelana antiga. Ele era um homem de cerca de sessenta anos, surpreendentemente encolhido. Seu rosto, pálido como um pergaminho, encolheu até parecer não maior do que o de um boneco.

Uma manhã, meu vizinho sapateiro me acordou arrancando meu travesseiro antes que as enfermeiras chegassem. "Número 57!" — ele jogou os braços acima da cabeça. Havia uma luz na enfermaria, o suficiente para ver. Eu podia ver o velho número 57 caído amassado de lado, com o rosto esticado para fora da cama, e em minha direção. Ele tinha morrido em algum momento durante a noite, ninguém ao certo. Quando as enfermeiras chegaram, receberam a notícia de sua morte com indiferença e continuaram seu trabalho. Após um longo período, uma hora ou mais, duas outras enfermeiras marcharam lado a lado como soldados, com um grande estardalhaço de tamancos, e ataram o cadáver nos lençóis, o qual não foi removido até algum tempo mais tarde. Enquanto isso, na melhor luz, tive como dar uma boa olhada no número 57. De fato, deitei de lado para olhar para ele. Curiosamente, ele foi o primeiro europeu morto que vi. Eu já tinha visto homens mortos antes, mas sempre asiáticos e geralmente pessoas que tiveram morte violenta. Os olhos do número 57 estavam abertos e imóveis, sua boca também aberta, seu pequeno rosto contorcido em uma expressão de agonia. O que mais me impressionou, no entanto, foi a brancura de seu rosto. Estava pálido antes, mas agora estava pouco mais escuro do que os lençóis. Enquanto eu olhava para aquele rosto minúsculo e retorcido, ocorreu-me que aquele resto repugnante de matéria, esperando para ser transportado e despejado em uma laje na sala de dissecação, foi um exemplo de morte "natural", uma das coisas pelas quais se reza na ladainha. Aí está você, então, pensei, é isso que está esperando por você, daqui a vinte, trinta, quarenta anos: é assim que os afortunados morrem, os que vivem até a velhice. Uma pessoa quer viver, é claro, na verdade, só permanece viva em virtude do medo da morte, mas acho agora, como pensava então, que é melhor morrer violentamente e não muito velho. As pessoas falam sobre os horrores de guerra, mas que arma o homem inventou que se aproxima da crueldade de algumas das doenças mais comuns? Morte "natural", quase por definição, significa algo lento, fedorento e doloroso. Mesmo assim, faz diferença se você pode alcançá-la em sua própria casa e não em uma instituição pública. Esse pobre coitado que tinha acabado de piscar como uma vela não era nem importante o suficiente para ter alguém velando-o em seu leito de morte. Ele era apenas um número, um "assunto" para os escalpelos dos alunos. E a publicidade sórdida de morrer em um lugar assim! No Hôpital X, as camas eram muito próximas e não havia telas. Imagine, por exemplo, morrer como o homenzinho cuja cama estava ao pé da minha, aquele que gritava quando as roupas de cama o tocavam! Ouso dizer que *"je pisse!"* foram suas últimas palavras registradas. Talvez os moribundos não se importem com tais coisas — essa pelo menos seria a resposta-padrão: no entanto, moribundos são frequentemente mais ou menos normais em sua mente até um dia ou mais antes do fim.

Nas enfermarias públicas de um hospital se veem horrores que parecem não acontecer entre as pessoas que conseguem morrer em sua própria casa, como se certas doenças atacassem apenas as pessoas nos níveis de renda mais baixos. Mas é fato que em nenhum hospital inglês se veem algumas das coisas que vi no Hôpital X. Esse negócio de pessoas morrendo como animais, por exemplo, sem ninguém por perto, ninguém interessado, a morte despercebida até a manhã seguinte — isso aconteceu mais de uma vez. Isso certamente não se veria na Inglaterra, e ainda menos se veria um cadáver exposto à vista de outro paciente. Lembro-me que uma vez, em um hospital de campo na Inglaterra, um homem morreu enquanto estávamos tomando chá, e, embora houvesse apenas seis de nós na enfermaria, as enfermeiras administraram as coisas com tanta habilidade que o homem morreu e seu corpo foi removido sem que soubéssemos disso até o chá acabar. Algo que talvez subestimemos na Inglaterra é a vantagem de haver um grande número de enfermeiras bem treinadas e rigidamente disciplinadas. Sem dúvida, as enfermeiras inglesas são bastante tolas, elas podem adivinhar a sorte com folhas de chá, usar distintivos da bandeira nacional e manter fotos da rainha na lareira, mas pelo menos elas não deixam você deitar sujo e constipado em uma cama desfeita, por pura preguiça. As enfermeiras do Hôpital X ainda tinham um quê de Sra. Gamp[1], e, posteriormente, nos hospitais militares da Espanha Republicana, eu veria enfermeiras quase incapazes até de tirar a temperatura. Você também não veria na Inglaterra a sujeira que existia no Hôpital X. Mais tarde, quando eu estava bem o suficiente para me lavar no banheiro, descobri que havia ali uma embalagem enorme em que os restos de comida e curativos sujos da ala eram arremessados, e os lambris estavam infestados por grilos.

Quando recuperei minhas roupas e fiquei forte das pernas, fugi do Hôpital X, antes que meu tempo acabasse, sem a espera de alta médica. Não foi o único hospital de que fugi, mas sua escuridão e nudez, seu cheiro doentio e, acima de tudo, algo em sua atmosfera mental se destacam excepcionalmente na minha memória. Eu fui levado para lá porque era o hospital pertencente ao meu *arrondissement,* e só depois de entrar nele descobri que tinha má reputação. Um ano ou dois depois, a célebre vigarista, Madame Hanaud, que estava doente durante a prisão preventiva, foi levada para o Hôpital X, e depois de alguns dias ela conseguiu escapar de seus guardas, pegou um táxi e dirigiu-se de volta à prisão, explicando que lá estava mais confortável. Dos hospitais franceses, não tenho dúvida de que o Hôpital X era bastante atípico, mesmo naquela data. Mas os pacientes, quase todos eles homens trabalhadores, estavam surpreendentemente resignados. Alguns deles pareciam achar as condições quase confortáveis, pois pelo menos dois eram indigentes que se fingiam de doentes, achando esta uma boa maneira de passar o inverno. As enfermeiras eram coniventes porque eles eram úteis

1. Personagem de *Martin Chuzzlewit,* romance de Charles Dickens. (N.T.)

para fazer serviços avulsos. A atitude da maioria, no entanto, era: claro que este é um lugar péssimo, mas o que mais você espera? Não parecia estranho para eles acordar às cinco e esperar três horas para começar o dia com sopa aguada, ou que as pessoas devessem morrer sem ninguém ao lado da cama, ou mesmo que sua chance de obter assistência médica e atenção dependesse do fato de chamar a atenção do médico enquanto ele passava. De acordo com suas tradições, era isso que os hospitais eram. Se você está gravemente doente e é muito pobre para ser tratado em sua própria casa, então, você deve ir para o hospital e, uma vez lá, você deve tolerar a aspereza e o desconforto, assim como faria no Exército. Mas, além disso, eu estava interessado em encontrar uma crença persistente nas velhas histórias que agora quase desapareceram da memória na Inglaterra — histórias, por exemplo, sobre médicos cortando as pessoas por pura curiosidade ou que pensam que é divertido começar a operar antes que se esteja devidamente "apagado". Havia histórias sombrias sobre uma pequena sala de cirurgia que se dizia ser situada um pouco além do banheiro. Gritos terríveis eram ouvidos a partir dessa sala. Não vi nada para confirmar essas histórias e sem dúvida eram todas bobagens, embora eu tenha visto dois alunos matar um menino de dezesseis anos, ou quase matá-lo (ele parecia estar morrendo quando saí do hospital, mas ele pode ter se recuperado mais tarde), por um experimento malicioso que eles provavelmente não teriam tentado em um paciente pagante. Uma crença ainda viva na memória londrina era a de que em alguns dos grandes hospitais pacientes eram mortos para que seus corpos se tornassem objetos de dissecção. Eu não ouvi essa história repetida no Hôpital X, mas devo pensar que algum dos homens de lá a teria achado confiável, pois era um hospital em que não os métodos, talvez, mas algo da atmosfera do século XIX sobrevivia, e nisso reside seu interesse peculiar.

Durante os últimos cinquenta anos ou mais, houve uma grande mudança na relação entre médico e paciente. Se olharmos para quase qualquer literatura antes da parte final do século XIX, descobriremos que um hospital é popularmente considerado a mesma coisa que uma prisão, e uma prisão antiga como um calabouço. Um hospital é um lugar de sujeira, tortura e morte, um espécie de antecâmara para o túmulo. Ninguém que não fosse mais ou menos destituído pensaria em ir a tal lugar para um tratamento. E especialmente no início do século passado, quando a ciência médica se tornou mais ousada do que antes, sem ser mais bem-sucedida, todo o negócio da medicina foi olhado com horror e pavor pelas pessoas comuns. Cirurgia, em particular, acreditava-se que não passava de uma forma peculiarmente horripilante de sadismo e dissecção, possível apenas com o auxílio de ladrões de corpos, chegando até mesmo a ser confundida com a necromancia. Do século XIX, você poderia coletar uma grande literatura de terror relacionada a médicos e hospitais. Pense no pobre George III, em sua velhice, gritando por misericórdia ao ver seus cirurgiões se aproximando para "sangrá-lo até que desmaie"! Pense nas conversas de Bob Sawyer e Benjamin Alien, que sem dúvida dificilmente são paródias, ou nos hospitais de campo em *La Débâcle* e *War and Peace*[2], ou naquela descrição chocante de uma amputação no *White-Jacket* de Melville! Até os nomes dados a médicos na ficção inglesa do século XIX, Slasher, Carver, Sawyer, Fillgrave e assim por diante, e o apelido genérico "Ossos de Serra" são tão sombrios quanto cômicos. A tradição anticirurgia está talvez mais bem expressa

2. Respectivamente *A Derrocada*, de Émile Zola, e *Guerra e Paz*, de Tolstói. (N.T.)

no poema de Tennyson *O Hospital Infantil,* que é essencialmente um documento pré-clorofórmio, embora pareça ter sido escrito em 1880. Além disso, há muito sobre o que dizer da perspectiva registrada por Tennyson nesse poema. Se pensarmos em como deveria ser uma operação sem anestesia, o que acontecia de fato, é difícil não suspeitar dos motivos das pessoas que empreendiam tais coisas. Pois esses horrores sangrentos pelos quais os alunos esperavam ansiosamente ("Uma visão magnífica se Slasher fizer isso!") eram reconhecidos como mais ou menos inúteis: o paciente que não morria de choque geralmente morria de gangrena, um resultado que era dado como certo. Mesmo agora se encontram médicos cujos motivos são questionáveis. Qualquer um que teve muitas doenças, ou quem já ouviu estudantes de medicina falando, saberá o que quero dizer. Mas os anestésicos foram um ponto de inflexão e os desinfetantes foram outro. Em nenhum lugar do mundo, provavelmente, você verá ainda o tipo de cena descrita por Axel Munthe em *O Livro de San Michele,* quando o sinistro cirurgião de cartola e sobrecasaca, com a camisa engomada salpicada de sangue e pus, corta paciente após paciente com a mesma faca e arremessa os membros decepados em uma pilha ao lado da mesa. Além disso, o Seguro Nacional de Saúde eliminou parcialmente a ideia de que um paciente da classe trabalhadora é um indigente que merece pouca consideração. Ainda neste século era normal para pacientes "gratuitos" de grandes hospitais a extração de dentes sem anestésico. Eles não pagaram, então, por que deveriam ter um anestésico? — essa era a atitude. Isso também mudou. E, no entanto, cada instituição sempre terá sobre ela alguma memória de seu passado. Uma sala de quartel ainda é assombrada pelo fantasma de Kipling, e é difícil entrar em uma casa de correção sem lembrar de *Oliver*

Twist. Os hospitais começaram como uma espécie de ala casual para leprosos e semelhantes morrerem, e eles continuaram como lugares onde estudantes de medicina aprenderam sua arte sobre os corpos dos pobres. Ainda se pode pensar numa sugestão tênue de sua história em sua arquitetura caracteristicamente sombria. Eu estaria longe de reclamar do tratamento que recebi em qualquer hospital inglês, mas sei que é um instinto saudável que avisa as pessoas para ficar fora dos hospitais, se possível, e especialmente fora das enfermarias públicas. Qualquer que seja a posição legal a que se esteja submetido, é inquestionável que a pessoa não tem controle sobre seu próprio tratamento, muito menos certeza de que não será objeto de experimentos frívolos quando se trata de "aceite a disciplina ou caia fora". E é uma grande coisa morrer na própria cama, embora seja melhor ainda morrer com suas botas. Por maior que seja a gentileza e a eficiência, em cada morte hospitalar haverá algum detalhe cruel e sórdido, algo talvez pequeno demais para ser contado, mas que deixa memórias terrivelmente dolorosas para trás, surgindo da pressa, da aglomeração, da impessoalidade de um lugar onde todos os dias, pessoas morrem entre estranhos.

O medo dos hospitais, provavelmente, ainda sobrevive entre os próprios pobres, e em todos nós só desapareceu recentemente. É um mancha escura não muito abaixo da superfície de nossa mente. Eu havia dito antes, quando entrei na enfermaria do Hôpital X, eu estava consciente de uma estranha sensação de familiaridade. O que a cena me lembrou, é claro, eram os hospitais fedorentos e cheios de dor do século XIX, que eu nunca tinha visto, mas dos quais tinha um conhecimento tradicional. E algo, talvez o médico vestido de preto com sua maleta preta suja, ou talvez apenas o cheiro doentio, fez o curioso truque de desenterrar de minha memória aquele poema de Tennyson, *O Hospital Infantil,* no qual não pensava havia mais de vinte anos. Aconteceu que, quando criança, uma enfermeira doente tinha lido esse poema em voz alta para mim, ela cujo próprio trabalho e vida remontam à época em que Tennyson escreveu o poema. Os horrores e sofrimentos dos hospitais antigos eram uma memória vívida para ela. Tínhamos estremecido com o poema juntos, e então aparentemente eu o tinha esquecido. Até seu título provavelmente não teria despertado minha lembrança. Mas o primeiro vislumbre do quarto murmuroso e mal iluminado, com as camas tão juntas, de repente despertou a linha de pensamento a que pertencia, e na noite que se seguiu me peguei lembrando de toda a história e atmosfera do poema, com muitos de seus versos completos.

DENTRO DA BALEIA (1940)

I

Quando o romance de Henry Miller *Trópico de Câncer* surgiu, em 1935, foi saudado com elogios bastante cautelosos, obviamente condicionados em muitos casos pelo medo de aparentar predileção por pornografia. Entre as pessoas que elogiaram sua obra estavam T.S. Eliot, Herbert Read, Aldous Huxley, John dos Passes, Ezra Pound — em geral, não eram escritores que estavam na moda naquele momento. E, de fato, o assunto do livro, e até certo ponto de sua atmosfera mental, pertence à década de 20, e não de 30. *Trópico de Câncer* é um romance em primeira pessoa, ou uma autobiografia na forma de romance, como se queira chamá-lo. O próprio Miller insiste que é uma autobiografia direta, mas o ritmo e o método de contar a história assemelham-se aos de um romance. É uma história da Paris americana, mas não exatamente em linhas comuns, porque os americanos que figuram nela são pessoas sem dinheiro. Durante os anos de expansão, quando os dólares eram abundantes e o valor de troca do franco era baixo, Paris fora invadida por um enxame de artistas amadores, escritores, estudantes, videntes, devassos e simples ociosos como o mundo provavelmente nunca viu. Em alguns bairros da cidade, os assim chamados artistas devem ter superado em número a população trabalhadora — na verdade, calculou-se que no fim dos anos 20 havia cerca de trinta mil pintores em Paris, eram, em sua maioria, impostores. A população tinha se tornado tão endurecida em relação aos artistas que lésbicas de voz rouca em calças de veludo cotelê e jovens em trajes gregos ou medievais podiam andar pelas ruas sem atrair um olhar, e ao longo das margens do Sena em Notre-Dame era quase impossível escolher um caminho entre os bancos de pintura e seus esboços. Era a época dos cavalos negros e gênios negligenciados; a frase na boca de todos era *"quand je serai lancé"* (quando eu começar). Quando isso emergiu, ninguém *"lancé"* (começou), a recessão colapsou como outra Era do Gelo, a multidão cosmopolita de artistas desapareceu, e o enormes cafés de Montparnasse que apenas dez anos atrás estavam lotados até a madrugada por hordas de *poseurs* (posadores) gritando, se tornaram tumbas escuras nas quais não há nem mesmo fantasmas.

É este mundo — descrito, entre outros romances, como *Tarr,* de Wyndham Lewis — sobre o qual Miller está escrevendo, mas ele está lidando apenas com o lado inferior, a massa do lumpemproletariado, que foi capaz de sobreviver à crise econômica porque era composta de parte de artistas genuínos e parte de verdadeiros canalhas. Os gênios negligenciados, os paranoicos que a qualquer momento "vão" escrever o romance que vai derrubar Proust, estão lá, mas eles são apenas gênios nos raros momentos em que não estão procurando a próxima refeição. Em grande parte, trata-se de histórias sobre quartos de hotéis para trabalhadores infestados de insetos, repletos de brigas, bebedeiras, bordéis baratos, com refugiados russos, pedintes, trapaceiros e empregos temporários. E toda a atmosfera dos bairros pobres de Paris, sob a óptica de um estrangeiro — a calçada, os becos, o cheiro azedo de lixo, os bistrôs com seus balcões de zinco gordurosos e pisos de tijolo gasto, as águas verdes do Sena, as capas azuis da Guarda Republicana, os mictórios de ferro em ruínas, o cheiro adocicado peculiar das estações de metrô, as bitucas dos cigarros despedaçadas, os pombos nos Jardins de Luxemburgo —, está toda lá, ou pelo menos a sensação de estar lá.

À primeira vista, nenhum material poderia ser menos promissor. Quando o *Trópico de Câncer* foi publicado, os italianos estavam marchando para a Abissínia e os campos de concentração de Hitler já estavam lotados. Os focos intelectuais do mundo eram Roma, Moscou e Berlim. Não parecia ser um momento em que um romance de grande valor provavelmente pudesse ser escrito sobre infames americanos buscando uma bebida no Quartier Latin. É claro que um romancista não é obrigado a escrever diretamente sobre a história contemporânea, mas um romancista que simplesmente desconsidera os eventos públicos do momento é geralmente tolo ou um simples idiota. A partir de um mero relato da temática do *Trópico de Câncer*, a maioria das pessoas, provavelmente, assumiria que não se trata de mais do que um pouco das misérias que sobraram dos anos 20. Na verdade, quase todo mundo que o leu viu imediatamente que não era nada disso, mas um livro muito notável. Por que notável? Essa pergunta nunca é fácil de responder. É melhor começarmos descrevendo a impressão que *Trópico de Câncer* deixou em minha própria mente. Quando eu abri *Trópico de Câncer* e vi que era cheio de palavras inconvenientes, minha reação imediata foi uma recusa em ficar impressionado. A maioria das pessoas sentiria o mesmo, acredito. No entanto, após um tempo, mergulhando na atmosfera do livro, vislumbrando inúmeros detalhes, estes pareciam permanecer na minha memória de uma forma peculiar. Um ano depois, o segundo livro de Miller, *Primavera Negra,* foi publicado. Àquela altura, *Trópico de Câncer* estava muito mais vividamente presente em minha mente do que quando o li pela primeira vez. *Primavera Negra* mostrou uma queda, essa foi minha primeira impressão, e é fato que não apresenta a mesma unidade do outro livro. Embora, depois de mais um ano, houvesse muitas passagens em *Primavera Negra* que também se enraizaram na minha memória. Evidentemente, esses livros são do tipo que deixam um sabor por trás deles — livros que "criam um mundo próprio", como se diz por aí. Livros com essa característica não são necessariamente bons livros, eles podem ser bons livros ruins, como os de Raffles e as histórias de Sherlock Holmes, ou livros perversos e mórbidos como *O Morro dos Ventos Uivantes* e *The House with the Green Shutters.* Agora e novamente, porém, aparece um romance que abre um novo mundo não por revelar o que é estranho, mas por revelar o que é familiar.

O que é verdadeiramente notável em *Ulisses,* por exemplo, é a banalidade de seu material. Claro que há muito mais em *Ulisses,* porque Joyce é uma espécie de poeta e também um pedante obtuso, cuja verdadeira conquista foi a de se familiarizar com o papel. Ele ousou — pois é uma questão de ousadia e um tanto quanto técnica — expor as imbecilidades da mente interior, e, ao fazer isso, ele descobriu uma América que estava sob o nariz de todos. Aqui se encontra todo um conjunto de coisas que supostamente se tornariam incomunicáveis por natureza, mas alguém conseguiu comunicá-las. O efeito é desconstruir, pelo menos momentaneamente, a solidão dos seres humanos. Quando são lidas certas passagens de *Ulisses,* você sente que a mente de Joyce e a sua são uma só, que ele sabe tudo sobre você, embora ele nunca tenha ouvido seu nome, e, embora não se assemelhe a Joyce de outro modo, há um toque dessa qualidade em Henry Miller. Não em toda a sua obra, pois seu trabalho é bastante inconsistente, e algumas vezes, especialmente em *Primavera Negra,* tende a deslizar para a mera verborragia ou para o universo mole dos surrealistas. Mas leia-o por cinco, dez páginas, e o leitor sentirá o alívio peculiar que não vem tanto da compreensão e sim pelo fato de ser compreendido. “Ele sabe tudo sobre mim”, sente-se; “Ele escreveu isso especialmente para mim”. É como se fosse possível ouvir uma voz falando, uma voz americana amigável, sem nenhum embuste, nenhum propósito moral, apenas uma implícita suposição de que somos todos iguais. No momento em que nos livramos das mentiras e simplificações, da marionete estilizada como qualidade de ficção comum, até mesmo ficção bastante boa, lidamos com as experiências reconhecíveis de seres humanos. Mas que tipo de experiência? Que tipo de ser humano? Miller escreve sobre o homem da rua, e é incidentalmente uma pena que seja uma rua cheia de irmãos. Essa é a penalidade por ter de deixar sua terra natal. Significa transferir suas raízes para solo mais raso. O exílio é provavelmente mais prejudicial para um romancista do que para um pintor ou mesmo um poeta, porque seu efeito consiste em tirá-lo do contato com a vida profissional e restringir seu alcance à rua, ao café, à igreja, ao bordel e ao estúdio. Em geral, nos livros de Miller lê-se sobre pessoas vivendo a vida de expatriado, pessoas bebendo, conversando, meditando e fornicando, e não sobre pessoas trabalhando, se casando e educando os filhos; uma pena, porque ele teria descrito bem tanto um conjunto de atividades quanto o outro. *Primavera Negra* é um maravilhoso flashback de Nova York, Nova York infestada de um enxame de irlandeses do período de O. Henry, mas as cenas de Paris são as melhores e, dada sua total inutilidade com tipos sociais, os bêbados e trapaceiros dos cafés são tratados com um sentimento de caráter e um domínio da técnica não abordados em nenhum romance recente. Todos eles são não apenas críveis, mas completamente familiares; tem-se a sensação de que essas aventuras aconteceram com o leitor. Não que elas sejam algo muito surpreendente em termos de aventuras. Henry consegue um emprego com um estudante indiano melancólico, em seguida consegue outro emprego em uma escola francesa horrível durante uma onda de frio, quando os banheiros foram congelados, continua bebendo em Le Havre com seu amigo Collins, o capitão do mar, vai a bordéis onde há negras maravilhosas, conversa com seu amigo Van Norden, o romancista que tem a ideia do grande romance do mundo na cabeça mas nunca consegue escrevê-lo. Seu amigo Karl, à beira da fome, é pego por uma viúva rica que deseja se casar com ele. Há intermináveis conversas no estilo hamletiano em que Karl tenta decidir o que é pior, estar com fome ou dormir com uma velha. Muito detalhadamente ele descreve suas visitas à viúva, como da vez em que ele foi para o hotel vestido com sua melhor roupa; como, antes de entrar, ele se esqueceu de urinar; do modo como toda a noite foi um longo crescente tormento etc. E, por fim, nada disso era verdade, a viúva nem mesmo existia — Karl simplesmente a inventou para se tornar importante. Todo o livro segue essa linha, mais ou menos. Por que essas trivialidades monstruosas são tão cativantes? Simplesmente porque toda a atmosfera é profundamente familiar, porque se tem a todo tempo a sensação de que essas coisas estão acontecendo com o leitor. E esse sentimento existe porque alguém escolheu abandonar a linguagem de Genebra do romance comum e aproximar-se da *realpolitik* da mente interior em campo aberto. No caso de Miller, não se trata tanto de uma questão de explorar os mecanismos da mente como de reconhecer os fatos cotidianos e as emoções cotidianas. Pois a verdade é que muitas pessoas comuns, talvez uma maioria real, falem e se comportem exatamente da maneira como está registrado ali. A aspereza insensível com que os personagens em *Trópico de Câncer* falam é muito rara na ficção, mas extremamente comum na vida real; vez após vez, tenho ouvido exatamente essas conversas de pessoas que nem sabiam que eles estavam falando grosseiramente. Vale ressaltar que *Trópico de Câncer* não é um livro para jovens. Miller estava na casa dos 40 quando foi publicado, e desde então produziu outros três ou quatro livros, sendo óbvio que este primeiro livro foi vivido fora do tempo e do espaço em que o leitor e ele estão. Este é um daqueles livros que amadurecem lentamente em pobreza e obscuridade, por pessoas que sabem o que têm de fazer e, portanto, são capazes de esperar. A prosa é surpreendente, e em algumas partes de *Primavera Negra* fica ainda melhor. Infelizmente, não posso citá-lo; palavras impublicáveis ocorrem em quase todos os lugares. Mas tomemos

Trópico de Câncer e *Primavera Negra* e leiamos especialmente as primeiras cem páginas. Elas darão ao leitor uma ideia do que ainda poderá ser feito, mesmo nesta data tardia, com a prosa inglesa. Nelas, o inglês é tratado como uma língua falada, mas falada sem medo, ou seja, sem medo da retórica ou do incomum ou da palavra poética. O adjetivo volta, depois de seus dez anos de exílio. É uma prosa fluida e expansiva, uma prosa com ritmos, algo bastante diferente das declarações planas e cautelosas dos dialetos de lanchonete que agora estão na moda. Quando um livro como *Trópico de Câncer* aparece, é natural que a primeira coisa que as pessoas notem seja sua obscenidade. Dada nossas noções atuais de decência literária, não é nada fácil abordar um livro com desprendimento. Qualquer um ficaria chocado e enojado, ou alguém estaria morbidamente emocionado, ou determinado, acima de tudo, a não ficar impressionado. Essa última é provavelmente a reação mais comum, tendo como resultado o fato de que livros impublicáveis frequentemente recebem menos atenção do que merecem. É mais que modismo dizer que nada é mais fácil do que escrever um livro obsceno, que as pessoas só fazem isso para ser comentadas e ganhar dinheiro etc. O que torna óbvio que esse não é o caso, livros obscenos em termos policiais são nitidamente incomuns. Se houvesse um meio fácil de conseguir dinheiro através de palavras sujas, muito mais pessoas estariam fazendo isso. Mas como livros "obscenos" não aparecem com muita frequência, há uma tendência em agrupá-los, como regra bastante injustificada. *Trópico de Câncer* tem sido vagamente associado a outros dois livros, *Ulisses* e *Viagem ao Fim da Noite,* mas em nenhum dos casos há muita semelhança. O que Miller tem em comum com Joyce é a disposição de mencionar os fatos vazios e esquálidos da vida cotidiana. Deixando de lado as diferenças de técnica, a cena do funeral em *Ulisses,* por exemplo, caberia em *Trópico de Câncer*; todo o capítulo é uma espécie de confissão, uma exposição da terrível insensibilidade interior do ser humano. Mas aí termina a semelhança. Como romance, *Trópico de Câncer* está longe de ser inferior a *Ulisses.* Joyce é um artista, em certo sentido, Miller não é e provavelmente não gostaria de ser, e em qualquer caso, ele está tentando muito mais. Ele está explorando diferentes estados de consciência, sonho, devaneio (no capítulo "Bronze por ouro"), embriaguez etc., encaixando-os em um padrão enorme e complexo, quase como um "enredo" vitoriano. Miller é simplesmente um cabeça-dura falando sobre a vida, um empresário americano comum com coragem intelectual e dom para as palavras. Talvez seja significativo que ele se pareça exatamente com a ideia que todos têm de um homem de negócios americano. Quanto à comparação com *Viagem ao Fim da Noite,* está ainda mais longe do ponto. Ambos os livros usam palavras impublicáveis, são em certo sentido autobiográficos, e isso é tudo. *Viagem ao Fim da Noite* é um livro com um propósito, e seu objetivo é protestar contra o horror e a falta de sentido da vida moderna — na verdade, da vida. É um grito de repulsa insuportável, uma voz que vem da fossa. *Trópico de Câncer* é quase exatamente o oposto. Trata-se de algo que se tornou tão incomum que parece quase anômalo, mas este é um livro sobre um homem que é feliz. *Primavera Negra* também, embora um pouco menos, porque é tingido de nostalgia em algumas partes. Com anos de vida do lumpemproletário atrás dele, fome, vagabundagem, sujeira, fracasso, noites vagantes, batalhas com a imigração, duras lutas para conseguir um pouco de dinheiro, Miller conclui que é feliz assim. Justamente os aspectos da vida que preenchem Céline com horror são aqueles que lhe agradam. Tão longe do protesto, ele está em processo de aceitação. E a palavra "aceitação" remonta à real afinidade, com outro americano, Walt Whitman. Mas há algo bastante curioso em ser Whitman nos anos 30. Não é certo que, se o próprio Whitman estivesse vivo no momento, ele escreveria qualquer coisa minimamente parecida com *Folhas de Relva.* Afinal, o que ele está tentando dizer, depois de tudo, é "eu aceito", e há uma diferença radical entre a aceitação do momento presente e a aceitação do passado. Whitman estava escrevendo em um tempo de prosperidade sem precedente, mas, mais do que isso, ele estava escrevendo em um país onde a liberdade era algo mais que uma palavra. A democracia, a igualdade e a camaradagem de que ele sempre fala não são ideais remotos, mas algo que existia na frente de seus olhos. Em meados do século XIX, os homens americanos sentiam-se livres e iguais, e de fato o eram, na medida em que fosse possível a uma sociedade fora do puro comunismo. Existiam pobreza e até distinções de classe, porém, exceto pelos negros, não havia uma classe permanentemente submersa. Todos tinham dentro de si, como uma espécie de núcleo, o conhecimento de que poderiam ganhar uma vida decente e sem lamber botas. Quando se lê sobre as jangadas e pilotos de Mark Twain no Mississippi, ou sobre os mineiros de ouro do Oeste de Bret Harte, eles parecem mais remotos que canibais da Idade da Pedra. A razão é simplesmente porque eles são seres humanos livres. Mas seria o mesmo com os pacíficos e domesticados estados americanos do Leste, a América de *Mulherzinhas, Helen's Babies* e *Riding Down from Bangor.* A vida tem uma qualidade alegre e despreocupada que se pode sentir enquanto se lê, como uma sensação física na barriga. É isso que Whitman está comemorando, embora na verdade ele o faça muito mal, porque ele é um daqueles escritores que dizem o que se deve sentir em vez de fazer com que o leitor sinta. Felizmente para suas crenças, talvez, ele tenha morrido muito cedo para ver a deterioração da vida americana que veio com o surgimento da indústria de grande escala e com exploração de produtos baratos por meio de mão de obra imigrante. A perspectiva de Miller é profundamente semelhante à de Whitman, e quase todo mundo que o leu comentou sobre isso. *Trópico de Câncer* termina com uma passagem especialmente whitmanesca, na qual, depois das luxúrias, das trapaças, das brigas, das bebedeiras e das imbecilidades, ele simplesmente se senta e observa o Sena fluindo, em uma espécie de aceitação mística das coisas como elas são. Afinal, o que está aceitando? Em primeiro lugar, não a América, mas a antiga pilha de ossos da Europa, onde cada grão de solo passou por inúmeros corpos humanos. Em segundo lugar, não uma época de expansão e liberdade, mas uma época de medo, tirania e arregimentação. Dizer "eu aceito" em uma época como a nossa é dizer que você aceita campos de concentração, cassetetes de borracha, Hitler, Stalin, bombas, aviões, comida enlatada, metralhadoras, golpes, expurgos, slogans, correias de Bedaux, máscaras de gás, submarinos, espiões, provocadores, censura da imprensa, prisões secretas, aspirinas, filmes de Hollywood e assassinatos políticos. Não só essas coisas, claro, mas essas coisas entre outras. E, em geral, essa é a atitude de Henry Miller. Nem sempre, porque em alguns momentos ele mostra sinais de um tipo bastante comum de nostalgia literária. Há uma longa passagem na parte inicial de *Primavera Negra,* em louvor à Idade Média, que como prosa deve ser uma das obras mais notáveis dos últimos anos, mas que exibe uma atitude não muito diferente da de Chesterton. Em *Max and the White Phagocytes,* há um ataque à civilização americana moderna (cereais matinais, celofane etc.) do ângulo usual do homem literário que odeia o industrialismo. Mas, em geral, a atitude é "Vamos engolir tudo". E, portanto, a aparente preocupação com a indecência e com o lado lenço sujo da vida. Isso é apenas aparente, pois a verdade é que a vida cotidiana comum consiste muito mais amplamente de horrores do que os escritores de ficção costumam admitir. O próprio Whitman "aceitou" muitas coisas que seus contemporâneos consideravam inomináveis. Pois ele não está apenas escrevendo sobre a pradaria, ele também vagueava pela cidade e notava o crânio despedaçado do suicida, o "rosto cinzento e doente dos onanistas" etc. Inquestionavelmente nosso tempo, em qualquer lugar da Europa Ocidental, porém, é menos saudável e menos esperançoso que o da época em que Whitman escrevia. Diferentemente de Whitman, vivemos em um encurtamento do mundo. As "vistas democráticas" terminaram em arame farpado. Há menos sentimento de criação e crescimento, cada vez menos ênfase no berço, balançando sem parar, cada vez mais ênfase no bule, fervendo sem parar. Aceitar a civilização como ela é significa praticamente aceitar a decadência. Isso deixou de ser uma atitude extenuante para se tornar uma atitude passiva — até mesmo "decadente", se essa palavra significar alguma coisa. Mas isso acontece precisamente porque, em certo sentido, Miller é passivo à experiência, ele é capaz de se aproximar mais do homem comum do que é possível para escritores mais determinados. Pois o homem comum também é passivo. Dentro de círculos estreitados (o da vida doméstica e talvez o do comércio, do sindicato ou da política local) ele se sente senhor de seu destino, mas em relação a grandes eventos, ele é tão indefeso quanto em relação aos mesmos elementos. Longe de se esforçar para influenciar o futuro, ele simplesmente se curva e permite que as coisas aconteçam a ele. Durante os últimos dez anos a literatura tem se envolvido cada vez mais profundamente na política, com o resultado de que agora há menos espaço para o homem comum do que em qualquer momento durante os últimos dois séculos. Qualquer um pode ver a mudança na atitude literária prevalecente, comparando os livros escritos sobre a Guerra Civil espanhola com os escritos sobre a guerra de 1914-18. O que é imediatamente impressionante sobre os livros de guerra espanhóis, pelo menos aqueles escritos em inglês, são a estupidez e maldade chocantes. O mais significativo, no entanto, é o fato de quase todos eles, de direita ou de esquerda, serem escritos sob um ângulo político, por partidários presunçosos que dizem o que pensam, enquanto os livros sobre a Grande Guerra foram escritos por soldados comuns ou oficiais subalternos que nem mesmo fingiram entender do que se tratava. Livros como *Nada de Novo no Front, Le Feu, Adeus às Armas, Death of a Hero, Good-Bye to All That, Memórias de um Oficial de Infantaria* e *A Subaltern on the Somme* foram escritos não por propagandistas, mas por vítimas. Eles estão dizendo, com efeito, "Que diabos é tudo isso? Deus sabe. Tudo o que podemos fazer é suportar". E, embora ele não esteja escrevendo sobre guerra, nem, de modo geral, sobre infelicidade, isso estará mais próximo da atitude de Miller do que a onisciência que agora está na moda. *The Booster,* um periódico de curta duração do qual foi coeditor, costumava descrever seus anúncios como "não político, não educacional, não progressivo, não cooperativo, não ético, não literário, não consistente, não contemporâneo", e o próprio trabalho de Miller poderia ser descrito quase nos mesmos termos. É uma voz da multidão, do subalterno, do vagão de terceira classe, do ordinário, do não político, do não moral, do homem passivo. Tenho usado o termo "homem comum" de maneira bastante vaga, e eu presumi que o "homem comum" existe, algo agora negado por algumas pessoas. Não quero dizer que as pessoas sobre as quais Miller está escrevendo constituam a maioria, menos ainda que ele esteja escrevendo sobre proletários. Nenhum romancista inglês ou americano tentou isso seriamente. E, novamente, as pessoas em *Trópico de Câncer* ficam aquém de ser comuns na medida em que são ociosas, de má reputação e mais ou menos "artísticas". Como eu já disse, é uma pena, mas é o resultado necessário da expatriação. O homem comum de Miller não é nem o trabalhador manual nem o chefe de família suburbano, mas o abandonado, o *déclassé,* o aventureiro, o intelectual americano sem raízes nem dinheiro. Ainda assim, as experiências mesmo desse tipo se sobrepõem amplamente às de pessoas mais normais. Miller foi capaz de tirar o máximo proveito de seu material bastante limitado porque ele teve a coragem de se identificar com ele. O homem comum, o "homem sensual mediano", recebeu o poder da fala, assim como a jumenta de Balaão. Isso será visto como algo desatualizado, ou em alguma medida fora de moda. O homem sensual mediano comum está fora de moda. A preocupação com sexo e honestidade sobre a vida interior estão fora de moda. A Paris americana está fora de moda. Um livro como *Trópico de Câncer,* publicado em uma época, deve ser um preciosismo entediante ou algo incomum, e eu acho que a maioria das pessoas que leram concordaria que não é o primeiro. Vale a pena tentar descobrir exatamente o significado dessa fuga dos atuais meios literários da moda. Para fazer isso, porém, é preciso verificar seus antecessores, ou seja, como a literatura inglesa se desenvolveu nos vinte anos desde a Grande Guerra.

II

Quando se diz que um escritor está na moda, quase sempre se quer dizer que ele é admirado por pessoas com menos de 30. No início do período de que estou falando, os anos durante e imediatamente após a guerra, o escritor com domínio mais profundo sobre o jovem pensante era certamente Housman. Entre pessoas que eram adolescentes nos anos 1910-25, Housman exerceu uma enorme influência, que agora não é nada fácil de compreender. Em 1920, quando eu tinha cerca de dezessete anos, provavelmente conhecia de cor todo o *Shropshire Lad.* Questiono-me sobre que tipo impressão *Shropshire Lad* causaria neste momento em um menino da mesma idade e mais ou menos com o mesmo pensamento? Sem dúvida, ele ouviu falar e até deu uma olhada; poderia parecer-lhe de uma inteligência barata — provavelmente isso seria tudo. No entanto, estes são os poemas que eu e meus contemporâneos costumávamos recitar para nós mesmos, repetidamente, em uma espécie de êxtase, assim como as gerações anteriores recitaram *Love in a Valley,* de George Meredith, *Garden of Proserpine,* de Swinburne etc.

Com arrependimento meu coração está carregado
Para amigos de ouro que eu tinha,
Para muitos uma donzela de lábios rosados
E muitos rapazes leves.

Por riachos muito largos para pular
Os meninos leves são postos;
As garotas de lábios rosados estão dormindo
Em campos onde as rosas murcham.

Apenas tilinta. Mas não parecia tilintar em 1920. Por que esse momento feliz acabou? Para responder a essa pergunta, é preciso levar em consideração as condições externas que tornam certos escritores populares em determinados momentos. Os poemas de Housman não atraíram muita atenção quando foram publicados pela primeira vez. O que estava ali que atraiu tão profundamente uma única geração, a geração nascida por volta de 1900? Em primeiro lugar, Housman é um poeta regional. Seus poemas são cheios do encanto de aldeias enterradas, a nostalgia de nomes de lugares, Clunton e Clunbury, Knighton, Ludlow, "em Wenlock Edge", "no verão em Bredon", telhados de palha e o tilintar de ferreiros, junquilhos selvagens nas pastagens, as "colinas azuis lembradas". Poemas de guerra à parte, o verso inglês do período de 1910-25 é principalmente regional. A razão, sem dúvida, era o fato de a classe profissional rentista passar a cessar de uma vez por todas a relação com o solo; mas de qualquer forma prevaleceu, muito mais do que agora, uma espécie de esnobismo por pertencer ao campo e desprezar a cidade. A Inglaterra naquela época dificilmente era um país mais agrícola do que é agora, mas, antes de a luz das indústrias começar a se espalhar, era mais fácil pensar nisso desse modo. A maioria dos meninos de classe média cresceu à vista de uma fazenda, e, naturalmente, era o lado pitoresco da vida na fazenda que os atraía — arar, colher, debulhar, e assim por diante. A menos que ele mesmo tivesse de fazer isso, um menino provavelmente não notaria o horrível trabalho penoso de capinar nabo, ordenhar vacas com tetas rachadas às quatro da manhã etc. Um pouco antes, logo depois, e por falar nisso, durante a guerra foi a grande era do "poeta da natureza", o apogeu de Richard Jefferies e W.H. Hudson. *Grantchester*, de Rupert Brooke, o poema estrela de 1913, nada mais é do que uma enorme onda de sentimento regionalista, uma espécie de vômito acumulado de um estômago recheado de topônimos. Considera-se que o poema *Grantchester* é algo pior do que inútil, mas como ilustração do que era o pensamento dos jovens de classe média daquele período serve como um documento valioso. Housman, no entanto, não se entusiasmou com as rosas errantes no espírito de fim de semana de Brooke e de outros. O motivo campestre está lá o tempo todo, mas principalmente como pano de fundo. A maioria dos poemas tem um sujeito quase humano, uma espécie de rústico idealizado, na realidade de Strephon ou Corydon atualizados. Isso por si só tinha um profundo apelo. A experiência mostra que as pessoas supercivilizadas gostam de ler sobre os rústicos (frase-chave, "perto do solo"), porque eles os imaginam como mais primitivos e apaixonados do que eles próprios. Daí o romance de "terra escura" de Sheila Kaye-Smith. E naquela época um menino de classe média, com seu viés de "país", se identificaria com um trabalhador agrícola como nunca teria feito com um trabalhador da cidade. A maioria dos meninos tinha em sua mente a visão de um lavrador idealizado, cigano, caçador furtivo, ou guardião, sempre retratado como um selvagem, livre, errante, vivendo uma vida entre armadilhas de coelho, brigas de galo, cavalos, cerveja e mulheres. *The Everlasting Mercy,* de Masefield, outra valiosa peça de época, imensamente popular entre os meninos por volta dos anos da guerra, dá essa visão de uma forma muito bruta. Mas Maurices e Terences de Housman poderiam ser levados a sério onde Saul Kane de Masefield não poderia; nesse lado dele, Housman foi Masefield com uma pitada de Teócrito. Além disso, todos os seus temas são adolescentes — assassinato, suicídio, amor infeliz, morte prematura.

Eles lidam com os desastres simples e inteligíveis que nos dão a sensação de estar contra os "fatos fundamentais" da vida:

O sol queima na colina meio cortada,
A essa altura, o sangue já secou;
E Maurice entre o feno ainda está
E minha faca está no lado dele.

E de novo:
Eles nos entregam agora na prisão de Shrewsbury
E apitos sopram desesperados,
E os trens passam a noite toda gemendo no trilho
Para os homens que morrem pela manhã.

Está tudo mais ou menos na mesma sintonia. Tudo se entrelaça. "Ned fica muito tempo no cemitério da igreja e Tom fica muito tempo na prisão". E observe também a primorosa autocomiseração — com o sentimento de "ninguém me ama":

O diamante cai adornando
O monte baixo no prado,
Estas são as lágrimas da manhã,
Que chora, mas não por ti.
Queijo duro, meu velho!

Esses poemas podem ter sido escritos expressamente para adolescentes. E o pessimismo sexual invariável (a garota sempre morre ou se casa com outra pessoa) parecia sabedoria para os meninos que eram agrupados em escolas públicas e estavam meio inclinados a pensar nas mulheres como algo inatingível. Se

Housman alguma vez teve o mesmo apelo para as meninas, duvido. Em seus poemas, o ponto de vista da mulher não é considerado, ela é apenas a ninfa, a sereia, a traiçoeira criatura metade humana que o leva a uma distância e depois lhe dá o golpe.

Mas Housman não teria apelado tão profundamente às pessoas que eram jovens em 1920, se não fosse por outra tensão nele, e essa era sua tendência blasfema, antinomiana, "cínica". A luta que sempre ocorre entre as gerações foi excepcionalmente amarga no final da Grande Guerra; isso foi em parte devido à própria guerra, e em parte foi um resultado indireto da Revolução Russa, mas uma luta intelectual era esperada de qualquer maneira por volta dessa data. Provavelmente, devido à facilidade e à segurança da vida na Inglaterra, que nem mesmo a guerra perturbou, muitas pessoas cujas ideias foram formadas nos anos 1880 ou anteriormente, as haviam transportado quase sem modificações para o século XIX. Enquanto isso, no que dizia respeito à geração mais jovem, as crenças oficiais estavam se dissolvendo como castelos de areia. A queda na crença religiosa, por exemplo, foi espetacular. Por vários anos, o antagonismo entre velhos e jovens adquiriu uma qualidade de ódio real. Aqueles que restaram da geração da guerra escaparam do massacre para encontrar os mais velhos ainda gritando os slogans de 1914, e uma geração um pouco mais jovem de meninos estava se contorcendo sob mestres-escolas celibatários de mente suja. Foi para estes que Housman apelou, com sua revolta sexual implícita e sua queixa pessoal contra Deus. Ele era patriota, a bem da verdade, mas de uma maneira antiquada inofensiva, ao som de casacos vermelhos e "Deus salve a Rainha", em vez de capacetes de aço e "Pendure o kaiser". E ele era satisfatoriamente anticristão — defendia um tipo de paganismo amargo e desafiador, a convicção de que a vida é curta e os deuses estão contra você, o que combinava exatamente com o humor dos jovens; e tudo em um verso charmoso frágil que foi composto quase inteiramente de palavras de uma sílaba.

Ver-se-á que discuti Housman como sendo apenas um propagandista, um enunciador de "máximas citáveis". Obviamente ele era mais do que isso. Não é necessário subestimá-lo agora porque ele foi superestimado alguns anos atrás. Embora alguém tenha problemas hoje em dia por dizer isso, há uma série de seus poemas *(Into my Heart an Air that Kills,* por exemplo, e *Is My Team Ploughing?)* que provavelmente não permaneceu há muito fora de moda. Mas, no fundo, é sempre uma tendência do escritor, seu "propósito", sua "mensagem", que faz gostar ou não gostar. A prova disso é a extrema dificuldade de ver qualquer obra de mérito literário em um livro que prejudica seriamente suas crenças mais profundas. E nenhum livro é de fato neutro. Uma ou outra tendência é sempre discernível, tanto em verso quanto em prosa, mesmo que não faça mais do que determinar a forma e a escolha das imagens. Mas poetas que alcançam grande popularidade, como Housman, são geralmente escritores gnômicos.

Depois da guerra, depois de Housman e dos poetas da natureza, houve o aparecimento de um grupo de escritores de tendências completamente diferentes — Joyce, Eliot, Pound, Lawrence, Wyndham, Lewis, Aldous Huxley, Lytton Strachey. Até o fim dos anos 20, estes constituem "o movimento", tão certo quanto o grupo Auden-Spender tem sido "o movimento" nos últimos anos. É verdade que nem todos os escritores talentosos do período podem ser ajustados ao padrão. E.M. Forster, por exemplo, embora tenha escrito seu melhor livro em 1923 ou por aí, foi essencialmente pré-guerra, e Yeats não parece em nenhuma de suas fases pertencer aos anos 20. Outros que ainda estavam vivos, Moore, Conrad, Bennett, Wells, Norman Douglas, haviam disparado todo o seu potencial antes da guerra acontecer. Por outro lado, um escritor que deve ser adicionado ao grupo, ainda que no sentido estritamente literário a que ele dificilmente "pertença", é Somerset Maugham. Claro que as datas não se ajustam exatamente; a maioria desses escritores que já publicaram livros antes da guerra pode ser classificada como pós-guerra, no mesmo sentido que os homens mais jovens agora estão escrevendo sobre o pós-recessão. Da mesma forma, é claro, pode-se ler a maior parte da literatura nos jornais da época, sem perceber que essas pessoas são "o movimento". Ainda mais que, na maioria das vezes, os figurões do jornalismo literário estavam ocupados fingindo que os penúltimos não tinham chegado ao fim. Squire comandou o *London Mercury*, Gibbs e Walpole que foram os deuses do empréstimo em bibliotecas, lá era um culto de alegria e masculinidade, cerveja e críquete, cachimbos e monogamia, e era sempre possível ganhar uns poucos guinéus ao escrever um artigo denunciando "os intelectuais". O vento soprava da Europa, e muito antes de 1930 desnudou-se a escola da cerveja e do críquete, exceto sua fidalguia. Mas a primeira coisa que alguém notaria sobre o grupo de escritores que mencionei acima é que eles não se parecem com um grupo. Além disso, vários deles se oporiam fortemente a ser acoplados com vários outros. Lawrence e Eliot eram na verdade antipáticos, Huxley adorava Lawrence, mas sentia repulsa por Joyce, a maioria teria menosprezado Huxley, Strachey e Maugham, e Lewis, por sua vez, atacaria a todos; na verdade, sua reputação como escritor baseava-se em grande parte nesses ataques. E, no entanto, há certa semelhança temperamental, bastante evidente agora, embora não tivesse sido uma dúzia de anos atrás. Isso equivale a um pessimismo de perspectiva. Mas é necessário deixar claro o que se entende por pessimismo. Se a tônica dos poetas georgianos era "beleza da natureza", a tônica dos escritores do pós-guerra seria "trágico sentido da vida". O espírito por trás dos poemas de Housman, por exemplo, não é trágico, apenas queixoso; é o hedonismo decepcionado. O mesmo é verdade para Hardy, embora se deva abrir uma exceção a *The Dynasts.* Mas o grupo Joyce-Eliot chega mais tarde, o puritanismo não é seu principal adversário, eles são capazes de começar a "ver através" da maioria das coisas pelas quais seus antecessores tinham lutado. Todos eles são temperamentalmente hostis à noção de "progresso"; sentem que o progresso não apenas deixa de acontecer, mas não deveria acontecer. Dada essa semelhança geral, há, é claro, diferenças de abordagem entre os escritores que citei, bem como diferentes graus de talento. O pessimismo de Eliot é em parte o pessimismo cristão, o que implica certa indiferença à miséria humana, em parte um lamento sobre a decadência da civilização ocidental ("Nós somos os homens vazios, nós somos os homens de pelúcia" etc.), uma espécie de sentimento de crepúsculo dos deuses, que finalmente o leva, em *Sweeney Agonistes,* por exemplo, a realizar a difícil façanha de transformar a vida moderna em algo pior do que ela é. Com Strachey é apenas um ceticismo polido do século XVIII misturado com um gosto por desmascarar. Com Maugham é uma espécie de resignação estoica, a bravura genuína em algum lugar a leste do Suez, continuando com seu trabalho sem acreditar nele, como o Imperador Antonino. Lawrence à primeira vista não parece ser um escritor pessimista, pois, como Dickens, ele é um homem de "mudança de coração" e constantemente insiste que a vida aqui e agora seria boa se a olhássemos de forma pouco diferente. Mas o que ele está exigindo é um movimento longe de nossa civilização mecanizada, que não vai acontecer. Portanto, sua exasperação com o presente muda uma vez mais na idealização do passado, desta vez um mítico seguro passado, a Idade do Bronze. Quando Lawrence prefere os etruscos (seus etruscos), para nós mesmos é difícil não concordar com ele, e ainda, afinal, trata-se de uma espécie de derrotismo, porque essa não é a direção em que o mundo está se movendo. O tipo de vida para a qual ele está sempre apontando, uma vida centrada em torno do simples — sexo, terra, fogo, água, sangue —, é apenas uma causa perdida. Tudo o que ele foi capaz de produzir, portanto, é um desejo de que as coisas acontecessem de uma forma que elas manifestamente não vão acontecer. "Uma onda de generosidade ou uma onda de morte", diz ele, mas é óbvio que não há ondas de generosidade deste lado do horizonte. Então, ele foge para o México e morre aos quarenta e cinco anos, alguns anos antes de começar a onda de morte. Ver-se-á que, mais uma vez, estou falando dessas pessoas como se elas não fossem artistas, como se fossem apenas propagandistas mandando uma "mensagem". E mais uma vez é óbvio que todos eles são mais do que isso. Seria absurdo, por exemplo, olhar para *Ulisses* como apenas uma demonstração do horror da modernidade da vida, a "era suja do *Daily Mail*", nas palavras de Pound. Joyce realmente é mais um "artista puro" que a maioria dos escritores. Mas *Ulisses* não poderia ser escrito por alguém que estivesse apenas brincando com padrões de palavras; é o produto de uma visão especial da vida, a visão de um católico que perdeu a fé. O que Joyce está dizendo é "Aqui está a vida sem Deus. Basta olhar para ela!". E suas técnicas de inovação, por mais importantes que sejam, são principalmente para servir a esse propósito. Mas o que é notável sobre todos esses escritores é que o "propósito" que eles têm está muito em aberto.

Não há atenção para os problemas urgentes do momento, acima de tudo, nenhuma política em sentido mais restrito. Nossos olhos estão voltados para Roma, para o Bizâncio, para Montparnasse, para o México, para os etruscos, para o subconsciente, para o plexo solar — para todos os lugares, exceto para os lugares onde as coisas estão realmente acontecendo. Quando alguém olha para trás nos anos 20, nada é mais estranho do que a maneira como todos os acontecimentos importantes na Europa escaparam à atenção da intelectualidade inglesa. A Revolução Russa, por exemplo, quase desaparece da consciência inglesa entre a morte de Lenin e a fome na Ucrânia — por cerca de dez anos. Através daqueles anos, a Rússia significa Tolstói, Dostoiévski e condes exilados dirigindo táxis. Itália significa galerias de fotos, ruínas, igrejas e museus — mas não os soldados do partido fascista. Alemanha significa filmes, nudismo e psicanálise — mas não Hitler, de quem quase ninguém tinha ouvido falar até 1931. Em círculos "cultos", a arte pela arte estendia-se praticamente a uma adoração do sem sentido. Literatura era para consistir apenas na manipulação de palavras. Julgar um livro pelo seu assunto seria um pecado imperdoável, e até mesmo estar ciente de seu assunto era visto como um lapso de gosto. Por volta de 1928, em uma das três piadas genuinamente engraçadas que Punch produziu desde a Grande Guerra, um jovem intolerável é retratado dizendo à sua tia que pretende "escrever". "E sobre o que você vai escrever, querido?", pergunta a tia. "Minha querida tia", diz o jovem com veemência, "ninguém escreve sobre alguma coisa, basta escrever". Os melhores escritores dos anos 20 não se subscreveram a essa doutrina, seu "propósito" era, na maioria dos casos, bastante aberto, mas geralmente é o "propósito" ao longo de linhas morais religiosas e culturais. Além disso, quando algo é traduzível em termos políticos, em nenhum caso é considerado "esquerda". De uma forma ou de outra, a tendência de todos os escritores desse grupo é conservadora. Lewis, por exemplo, passou anos em frenética caça às bruxas depois do "bolchevismo", que ele foi capaz de detectar em lugares muito improváveis. Recentemente, ele mudou algumas de suas visões, talvez influenciado pelo tratamento de Hitler aos artistas, mas é seguro apostar que ele não seria considerado de extrema esquerda. Pound parece ter escolhido definitivamente o fascismo, pelo menos a variedade italiana. Eliot permaneceu indiferente, mas, caso fosse forçado na ponta da pistola a escolher entre o fascismo e alguma forma mais democrática de socialismo, provavelmente teria escolhido o fascismo. Huxley começa com o habitual desespero da vida, e então, sob a influência do "abdômen escuro" de Lawrence, tenta algo chamado Adoração da Vida, e finalmente chega ao pacifismo — uma posição sustentável e, neste momento, uma posição honrosa, mas provavelmente a longo prazo envolvendo a rejeição ao socialismo. Também é notável que a maioria dos escritores desse grupo tem certa devoção pela Igreja Católica, embora não de modo típico que um católico ortodoxo aceitaria. A conexão mental entre o pessimismo e uma perspectiva reacionária é, sem dúvida, bastante óbvia. O que talvez seja menos óbvio é apenas por que os principais escritores dos anos 20 eram predominantemente pessimistas. Por que sempre a sensação de decadência, com os crânios e cactos, o desejo pela fé perdida e as civilizações impossíveis? Afinal, não foi porque essas pessoas estavam escrevendo em uma época excepcionalmente confortável? É exatamente nessas horas que o "desespero cósmico" pode florescer. Pessoas com barriga vazia nunca se desesperam com o universo, nem mesmo pensam sobre o universo, por falar nisso. Todo o período de 1910-30 foi próspero, e até mesmo os anos de guerra eram fisicamente toleráveis se alguém fosse um não combatente em um dos países aliados. Os anos 20 foram a idade de ouro do rentista intelectual, um período de irresponsabilidade como o mundo nunca antes havia visto. A guerra acabou, os novos estados totalitários ainda não tinham surgido, tabus morais e religiosos de toda sorte haviam desaparecido, o dinheiro estava aumentando. "Desilusão" era considerada a moda. Todos com quinhentas libras esterlinas garantidas ao ano tornaram-se intelectuais e começaram a ficar em *taedium vitae.* Foi uma época de águias e de crumpets, desesperos fáceis, Hamlets de quintal, ingressos baratos de volta para o final da noite. Em alguns dos romances menores característicos do período, livros como *Told by an Idiot,* o desespero da vida atinge uma atmosfera de banho turco de autopiedade. E mesmo os melhores escritores da época podem ser condenados por uma atitude olímpica, uma disposição muito grande para lavar as mãos diante de um problema prático imediato. Eles veem a vida muito compreensivelmente, muito mais do que aqueles que vieram imediatamente antes ou depois deles, mas eles a veem por um lado diminuto. Não que isso invalide seus livros como livros. O primeiro teste de qualquer obra de arte está na sua sobrevivência, e é um fato levado em muita consideração por ter sido escrita no período de 1910-30 tendo sobrevivido às aparências de uma contínua sobrevivência. Basta pensar em *Ulisses, Servidão Humana,* na maior parte dos primeiros trabalhos de Lawrence, especialmente seus contos, e virtualmente em todos os poemas de Eliot até por volta de 1930, para me perguntar o que está sendo escrito agora que se considerará tão bem. Mas, de repente, nos anos 1930-35, algo acontece. As mudanças climáticas literárias. Um novo grupo de escritores, Auden e Spender e o resto deles, fez sua aparição, e embora tecnicamente esses escritores devam algo a seus predecessores, sua “tendência” é totalmente diferente. De repente nós saímos do crepúsculo dos deuses para uma espécie de atmosfera de escoteiros com joelhos de fora e um canto comunitário. O típico homem literário deixa de ser um expatriado culto com uma inclinação para a Igreja e se torna um estudante ansioso com uma inclinação para o comunismo. Se a tônica dos escritores dos anos 20 é o “trágico sentido da vida”, a tônica dos novos escritores é um “propósito sério”. As diferenças entre as duas escolas são discutidas em alguma extensão no livro *Modern Poetry*, de Louis MacNeice. Um livro, é claro, escrito inteiramente sob o ângulo do grupo mais jovem e que leva a superioridade de seus padrões como certeza. De acordo com o Sr. MacNeice: "Os poetas da *New Signatures*[3], ao contrário de Yeats e Eliot, são emocionalmente partidários. Yeats propôs virar as costas ao desejo e ao ódio; Eliot recostou-se e observou as emoções das outras pessoas com tédio e uma autocomiseração irônica... A poesia toda, por outro lado, de Auden, Spender e Day Lewis, implica que eles têm desejos e ódios próprios e, além disso, que acham que algumas coisas devem ser desejadas e outras odiadas".

E de novo: "Os poetas da *New Signatures* voltaram (...) para a preferência dos gregos por informação ou declaração. Então, o primeiro requisito é ter algo a dizer, e depois disso você deve dizer tão bem quanto você puder."

Em outras palavras, o “propósito” voltou, os escritores mais jovens “entraram na política”. Como já indiquei, Eliot & Co. não são tão apartidários como MacNeice parece sugerir. Ainda assim, é amplamente verdade que nos anos 20 a ênfase da literatura estava mais na técnica e menos no assunto do que agora.

3. Publicado em 1932. (N.A.)

As principais figuras desse grupo são Auden, Spender, Day Lewis, MacNeice e há uma longa série de escritores com mais ou menos a mesma tendência, Isherwood, John Lehmann, Arthur Calder-Marshall, Edward Upward, Alee Brown, Philip Henderson e muitos outros. Como antes, estou agrupando-os simplesmente de acordo com a tendência. Obviamente, existem ótimas variações de talento. Quando se compara esses escritores com a geração Joyce-Eliot, o que é imediatamente impressionante é como muito mais fácil é formá-los em um grupo. Tecnicamente, eles são mais próximos, politicamente eles são quase indistinguíveis, e suas críticas ao trabalho uns dos outros sempre foram (para dizer o mínimo) bem-humoradas. Os melhores escritores dos anos 20 eram de origens muito variadas, poucos deles haviam passado pelo moinho educacional inglês comum (aliás, os melhores deles, exceto Lawrence, não eram ingleses), e a maioria teve em algum momento de lutar contra a pobreza, a negligência, e até mesmo a perseguição absoluta. Por outro lado, quase todos os escritores mais jovens se encaixam facilmente na escola pública e na universidade no padrão de Bloomsbury. Os poucos que são de origem proletária são do tipo que é desclassificado no início da vida, primeiro por meio de bolsas de estudos e depois pelo branqueador da "cultura" londrina. É significativo que vários dos escritores desse grupo não tenham sido apenas alunos, mas, posteriormente, mestres em escolas públicas. Alguns anos atrás, descrevi Auden como "uma espécie de Kipling sem determinação". Como crítica, isso foi bastante indigno, na verdade, foi apenas uma observação rancorosa, mas é um fato que no trabalho de Auden, especialmente em seu trabalho anterior, há uma atmosfera de elevação — algo parecido com o poema *If*, de Kipling, ou *Play Up, Play Up, Play the Game!*, de Newbolt — que nunca aparenta estar muito longe. Tomemos, por exemplo, um poema como *You're Living Now, and it's Up to You Boys*. É uma tônica de puro mestre de escoteiro, a nota exata da conversa direta de dez minutos sobre os perigos do autoabuso. Sem dúvida, há um elemento de paródia que ele pretende transmitir, mas também há uma semelhança mais profunda não intencional. E, claro, a nota um tanto pretensiosa comum à maioria desses escritores é um sintoma de liberação. Atirando "arte pura" ao mar, eles se libertaram do medo de ser ridicularizados e largamente ampliaram seu escopo. O profético lado do marxismo, por exemplo, é o novo material para poesia e tem grandes possibilidades.

Não somos nada
Nós caímos
No escuro e seremos destruídos.
Pense, porém, que nesta escuridão
Temos o centro secreto de uma ideia
Cuja roda viva iluminada pelo sol gira nos próximos anos lá fora.
(Spender, *Trial of a Judge*)

Mas, ao mesmo tempo, por ter se tornado marxizada, a literatura mudou e não se aproximou das massas. Mesmo considerando o lapso de tempo, Auden e Spender estão um pouco mais longe de serem escritores populares em relação a Joyce e Eliot, quanto mais Lawrence. Como antes, existem muitos escritores contemporâneos que estão fora da corrente, mas não há muita dúvida sobre qual é a atual. Em meados e fim dos anos 30, Auden, Spender e companhia são "o movimento", assim como Joyce, Eliot e companhia o foram nos anos 20. E o movimento está na direção de algo bastante mal definido chamado comunismo. Já em 1934 ou 1935 considerava-se algo excêntrico nos círculos literários não ser mais ou menos "à esquerda", e em outro ano ou dois, cresceu uma ortodoxia de esquerda que fez um certo conjunto de opiniões absolutamente de *rigueur* sobre certos assuntos. A ideia de que um escritor deve ser ativamente de "esquerda" ou escrever mal tinha começado a ganhar terreno (vide Edward Upward e outros). Entre 1935 e 1939, o Partido Comunista exerceu um fascínio quase irresistível por qualquer escritor com menos de quarenta anos. Tornou-se tão normal ouvir que fulano tinha "entrado na moda" quanto tinha sido alguns anos antes, quando o catolicismo romano estava na moda, ouvir que este ou aquele foi "recebido". Por cerca de três anos, na verdade, a corrente central da literatura inglesa estava mais ou menos diretamente sob o controle comunista. Como foi possível tal coisa acontecer? E, ao mesmo tempo, o que se entende por "comunismo"? É melhor responder à segunda pergunta primeiro. O movimento comunista na Europa Ocidental começou como um movimento para a derrubada violenta do capitalismo e se degenerou dentro de poucos anos em um instrumento de política russa estrangeira. Provavelmente, isso foi inevitável quando esse fermento revolucionário que se seguiu à Grande Guerra acabou. Tanto quanto se sabe, a única história abrangente desse assunto em inglês é o livro *The Communist International,* de Franz Borkenau. Os fatos que Borkenau apresenta, ainda mais do que suas deduções, deixam claro que o comunismo nunca poderia ter se desenvolvido ao longo de suas linhas presentes se algum sentimento revolucionário existiu nos países industrializados. Na Inglaterra, por exemplo, é óbvio que esse sentimento não existe há anos. A patética adesão de membros de partidos extremistas mostram isso claramente. É natural, portanto, que o movimento comunista inglês passe a ser controlado por pessoas que são mentalmente subservientes à Rússia e não têm nenhum objetivo real, exceto manipular a política externa britânica ao interesse russo. Claro que tal objetivo não pode ser abertamente admitido, e é esse fato que dá ao Partido Comunista seu caráter muito peculiar. O tipo mais expresso de comunista é, na verdade, um agente de publicidade russo se passando por um socialista internacional. É uma pose facilmente mantida em tempos normais, mas torna-se difícil em momentos de crise, pelo fato de a URSS ser mais escrupulosa em sua política externa do que o resto das grandes potências. Alianças, mudanças de frente, entre outros aspectos, que só fazem sentido como parte do jogo do poder político a ser explicado e justificado em termos de socialismo internacional. Cada vez que Stalin troca de parceiros, o "marxismo" tem de ser moldado em uma nova forma. Isso acarreta mudanças repentinas e violentas de "linha", expurgos, denúncias, destruição sistemática da literatura do partido etc. Todo comunista é de fato responsável a todo momento por ter de alterar suas convicções mais fundamentais, ou sair do partido. O dogma inquestionável da segunda-feira pode se tornar a maldita heresia da terça-feira, e assim por diante. Isso aconteceu pelo menos três vezes nos últimos dez anos. Consequentemente em qualquer país ocidental, um partido comunista é sempre instável e geralmente muito pequeno. Sua filiação de longo prazo realmente consiste em um círculo interno de intelectuais que se identificam com a burocracia russa, e um corpo ligeiramente maior da classe trabalhadora de pessoas que sentem lealdade para com a Rússia Soviética, sem necessariamente compreender suas políticas. Caso contrário, há apenas uma mudança de adesão, um lote vindo e outro indo com cada mudança de "linha".

Em 1930, o Partido Comunista inglês era pequeno, uma organização ainda mal legalizada cuja atividade principal era difamar o Partido Trabalhista. Em 1935, a face da Europa mudou, e a política da ala esquerdista mudou com ela. Hitler subiu ao poder e começou a se rearmar, os planos de cinco anos da Rússia tiveram sucesso, a Rússia reapareceu como uma grande potência militar. Como os três alvos de ataque de Hitler foram, ao que tudo indica, Grã-Bretanha, França, e URSS, os três países foram forçados a uma espécie de reaproximação inquieta. Isso significa que os comunistas ingleses ou franceses foram obrigados a se tornar bons patriotas e imperialistas — isto é, para defender as mesmas coisas que vinham atacando nos últimos quinze anos. Os slogans do *Comintern* destoaram repentinamente do vermelho ao rosa. "Revolução mundial" e "Social Fascismo" deram lugar a "Defesa da democracia" e "Impeçam Hitler". Os anos 1935-39 foram o período do antifascismo e da Frente Popular, e o apogeu do Clube do Livro de Esquerda, quando as duquesas vermelhas e reitores de "mente aberta" percorreram os campos de batalha da guerra espanhola, e Winston Churchill era o garoto de olhos azuis do *Daily Worker*. Desde então, é claro, houve mais uma mudança de "frente". Mas o que é importante para o meu propósito é que foi durante a fase "antifascista" que os jovens escritores ingleses gravitaram em direção ao comunismo. O duelo fascismo-democracia foi sem dúvida uma atração em si, mas em qualquer caso, sua conversão foi esperada mais ou menos àquela data. Era óbvio que o capitalismo *laissez-faire* estava acabado e que deveria haver algum tipo de reconstrução; no mundo de 1935 dificilmente seria possível permanecer politicamente indiferente. Mas por que esses jovens se voltaram para qualquer coisa tão estranha quanto o comunismo russo? Por que escritores deveriam ser atraídos por uma forma de socialismo que torna a honestidade mental impossível? A explicação reside em algo que já tinha sido sentido antes da crise e antes de Hitler: o desemprego da classe média. O desemprego não é apenas uma questão de ter ou não ter um emprego. A maioria das pessoas consegue uma espécie de emprego, mesmo nos piores momentos. O problema era que por volta de 1930 não havia atividade, exceto talvez no campo da pesquisa científica, das artes e da política de esquerda, em que uma pessoa pensante pudesse acreditar. A civilização atingiu seu clímax e a "desilusão" foi imensamente difundida. Quem agora poderia ter certeza de passar pela vida da maneira comum da classe média, como um soldado, um clérigo, um corretor da bolsa, um funcionário público indiano ou sei lá o quê? E quantos dos valores pelos quais nossos avós viveram não poderiam ser levados a sério? Patriotismo, religião, o Império, família, a santidade do casamento, o laço da velha escola, nascimento, criação, honra, disciplina — qualquer pessoa com educação normal poderia virá-los todos do avesso em três minutos. Mas o que se consegue, afinal, livrando-se de coisas como patriotismo e religião? Não necessariamente é preciso livrar-se da necessidade de algo em que acreditar. Houve uma espécie de falsa aurora alguns anos antes, quando muitos jovens intelectuais, incluindo vários escritores bastante talentosos (Evelyn Waugh, Christopher Hollis e outros), fugiram para a Igreja Católica. É significativo que essas pessoas tenham quase que invariavelmente pertencido à Igreja Romana, e não, por exemplo, à Igreja Anglicana, à Igreja Ortodoxa ou a seitas protestantes.

Elas foram, à igreja organizada mundialmente, aquela com uma disciplina rígida, com poder e prestígio. Talvez seja até importante notar que o único convertido dos últimos dias de talento realmente de primeira classe, Eliot, abraçou não o romanismo, mas o anglo-catolicismo, o equivalente eclesiástico do trotskismo. Não acho, porém, que alguém precise ir além do motivo pelo qual os jovens escritores dos anos 30 se associaram ao Partido Comunista: foi simplesmente pelo fato de ter ago em que acreditar. Aqui estava uma Igreja, um exército, uma ortodoxia, uma disciplina. Aqui era uma pátria e — pelo menos desde 1935 ou por aí — um *Führer*. Todas as lealdades e superstições que o intelecto tinha aparentemente banido poderiam voltar sob o mais fino disfarce. Patriotismo, religião, império, glória militar — tudo em uma palavra, Rússia. Pai, rei, líder, herói, salvador — tudo em uma só palavra, Stalin. Deus: Stalin. O diabo: Hitler. Céu: Moscou. Inferno: Berlim. Todas as lacunas foram preenchidas. Então, afinal, o "comunismo" do intelectual inglês é algo suficientemente explicável. É o patriotismo dos desenraizados. Mas há uma outra coisa que sem dúvida contribuiu para o culto da Rússia entre a *intelligentsia* inglesa durante estes anos, e essa é a suavidade e segurança da vida na Inglaterra em si. Com todas as suas injustiças, a Inglaterra ainda é a terra do *habeas-corpus,* e a esmagadora maioria dos ingleses não tem nenhuma experiência de violência ou ilegalidade. Quem cresceu nesse tipo de atmosfera não consegue imaginar facilmente como é um regime despótico. Quase todos os escritores dominantes dos anos 30 pertenciam à classe média emancipada fervente e eram muito jovens para ter memórias efetivas da Grande Guerra. Para pessoas desse tipo, coisas como expurgos, polícia secreta, execuções sumárias, prisão sem julgamento e afins são remotas demais para serem assustadoras. Eles poderiam engolir o totalitarismo porque eles não têm experiência de nada, exceto do liberalismo. Veja-se, por exemplo, este trecho de Auden no poema *Spain* (aliás, este poema é um das poucas coisas decentes que foram escritas sobre a Guerra Civil espanhola):

> Amanhã para os jovens, os poetas explodindo como bombas,
> Os passeios à beira do lago, as semanas de comunhão perfeita;
> Amanhã as corridas de bicicleta
> Pelos subúrbios nas noites de verão. Mas hoje a luta.
>
> Hoje, o aumento deliberado das chances de morte,
> A aceitação consciente da culpa no assassinato necessário;
> Hoje, o gasto de poderes
> No efêmero e raso panfleto e no encontro enfadonho.

A segunda estrofe pretende ser uma espécie de esboço de um dia na vida de um "bom homem do partido". De manhã alguns assassinatos políticos, um interlúdio de dez minutos para abafar o remorso "burguês" e, em seguida, um almoço agitado e apressado, à tarde e à noite giz nas paredes e distribuição de folhetos. Tudo muito edificante. Mas observe a frase "assassinato necessário". Isso só poderia ser escrito por uma pessoa para quem assassinato é, no máximo, uma palavra. Pessoalmente, não falaria tão levianamente sobre assassinato. Tanto é assim que eu vi corpos de numerosos homens assassinados — não quero dizer mortos em batalha, quero dizer assassinados. Tenho, portanto, alguma ideia do que significa assassinato — o terror, o ódio, os parentes uivantes, as autópsias, o sangue, os cheiros. Para mim, assassinato é algo a ser evitado. Assim o é para qualquer pessoa comum. Os Hitlers e Stalins consideram o assassinato necessário, mas eles não anunciam sua insensibilidade e não falam disso como assassinato; é "liquidação", "eliminação" ou algum outro termo calmante. A marca de amoralismo de Auden só é possível quando se é o tipo de pessoa que está sempre em algum outro lugar quando o gatilho é puxado. Muito do pensamento de esquerda é uma espécie de brincar com fogo de gente que nem sabe que o fogo está quente. O belicismo a que a intelectualidade inglesa se entregou no período de 1935-39 foi amplamente baseado em uma sensação de imunidade pessoal. A atitude era muito diferente na França, onde o serviço militar é difícil de evitar e até os homens literários sabem o peso de uma mochila. Perto do final do livro recente de Cyril Connolly, *Enemies of Promise,* ocorre uma passagem interessante e reveladora. A primeira parte do livro é, mais ou menos, uma avaliação da literatura atual. Connolly pertence exatamente à geração dos escritores do "movimento" e, não com muitas reservas, seus valores são seus valores. É interessante notar que entre os escritores de prosa ele admira principalmente aqueles que se especializam na violência — a suposta escola americana dura, Hemingway, etc. A última parte do livro, no entanto, é autobiográfica e consiste em um relato, fascinantemente preciso, da vida em uma escola preparatória e em Eaton nos anos 1910-20. Connolly termina comentando: "Se eu deduzisse algo dos meus sentimentos ao deixar Eaton, poderia ser chamada de teoria da adolescência permanente. Esta é a teoria de que as experiências vividas pelos meninos nas grandes escolas públicas são tão intensas a ponto de dominar sua vida e prender seu desenvolvimento."

Quando se lê a segunda frase nessa passagem, o impulso natural é procurar o erro de impressão. Presumivelmente, há um "não" deixado de fora, ou algo assim. Mas não, nem um pouco! Ele realmente quer dizer isso! E mais, ele está apenas falando a verdade, de uma forma invertida da moda. A vida "culta" da classe média atingiu uma profundidade suave em que uma educação de escola pública — cinco anos em um banho morno de esnobismo — pode realmente ser considerada como um período agitado. Para quase todos os escritores relevantes nos anos 30, o que mais aconteceu além dos registros de Connolly em *Enemies Of Promise?* É o mesmo padrão o tempo todo: escola pública, universidade, algumas viagens ao exterior, então Londres. Fome, sofrimento, solidão, exílio, guerra, prisão, perseguição, trabalho manual — quase em palavras. Não é à toa que a enorme tribo conhecida como "as corretas pessoas da esquerda" achou tão fácil tolerar o lado expurgo e ardiloso do regime russo e os horrores do primeiro plano quinquenal. Eles eram tão gloriosamente incapazes de entender o que tudo isso significava.

Em 1937, toda a *intelligentsia* estava mentalmente em guerra. O pensamento de esquerda se reduziu ao "antifascismo", ou seja, a uma negativa, e uma torrente de literatura de ódio dirigida contra a Alemanha e os políticos supostamente amigáveis com a Alemanha foram derrubados pela imprensa. O que, para mim, foi de fato assustador sobre a guerra na Espanha não foi a violência que testemunhei, nem mesmo a briga do partido por trás das linhas, mas o imediato reaparecimento em círculos de esquerda da atmosfera mental da Grande Guerra. As pessoas que por vinte anos tinham rido de sua própria superioridade em relação à histeria da guerra eram as mesmas que correram de volta para a pobreza mental de 1915. Todas as idiotices familiares do tempo de guerra, caça de espiões, farejamento de ortodoxia (fareje, fareje. Você é um bom antifascista?), o varejo de histórias de atrocidade, voltaram à moda como se os anos nunca tivessem acontecido. Antes do fim da guerra espanhola, e mesmo antes de Munique, alguns dos melhores escritores de esquerda estavam começando a se contorcer. Nem Auden nem Spender escreveram sobre a guerra espanhola com a profundidade que era esperada deles. Desde então, houve uma mudança de sentimento e muito desânimo e confusão, porque o real curso dos acontecimentos tornou a ortodoxia de esquerda um absurdo dos últimos anos. Mas então não era preciso haver muita perspicácia para ver que muito disso era um absurdo desde o início. Não há certeza, portanto, de que a próxima ortodoxia a surgir seria melhor que a anterior.

Em geral, a história literária dos anos 30 parece justificar a opinião de que um escritor faz bem em manter-se fora da política. Qualquer escritor que aceite ou aceite parcialmente a disciplina de um partido político, mais cedo ou mais tarde, depara-se com a alternativa: seguir a linha ou calar a boca. Obviamente, é possível seguir a "linha" e continuar escrevendo — de certo modo. Qualquer marxista pode demonstrar com a maior facilidade que a liberdade de pensamento "burguesa" é uma ilusão. No entanto, quando ele termina sua demonstração, resta o fato psicológico de que sem essa liberdade "burguesa" os poderes criativos murcham. No futuro, uma literatura totalitária poderá surgir, mas será bem diferente de tudo aquilo que nós agora podemos imaginar. A literatura como a conhecemos é uma coisa individual, exige honestidade mental e um mínimo de censura. E isso é ainda mais verdadeiro na prosa do que no verso. Provavelmente, não é uma coincidência o fato de os melhores escritores dos anos 30 terem sido poetas. A atmosfera da ortodoxia é sempre prejudicial para a prosa e, acima de tudo, é completamente ruinosa para o romance, a mais anárquica de todas as formas de literatura. Quantos católicos romanos foram bons romancistas? Mesmo aqueles que alguém possa nomear são em geral maus católicos. O romance é uma forma praticamente protestante de arte; é um produto livre da mente, de autonomia individual. Nenhuma década nos últimos 150 anos foi tão estéril de prosa imaginativa quanto a de 30. Houve bons poemas, bons trabalhos sociológicos, panfletos brilhantes, mas praticamente nenhuma ficção de valor. De 1933 em diante, o clima mental foi cada vez mais contra isso. Qualquer pessoa sensível o suficiente para ser tocada pelo *zeitgeist* era também envolvida na política. Nem todo mundo, é claro, ficou definitivamente na confusão política, mas praticamente todo mundo estava à sua margem e mais ou menos misturado em campanhas de propaganda e controvérsias esquálidas. Comunistas e quase comunistas tinham uma influência desproporcionalmente grande nas críticas literárias. Foi um tempo de rótulos, slogans e evasões. Nos piores momentos esperava-se que as pessoas se trancassem em uma pequena jaula constipante de mentiras; na melhor das hipóteses, uma espécie de censura voluntária ("Devo dizer isso?", "É pró-fascista?") estava agindo na mente de quase todos. É quase inconcebível que bons romances tivessem sido escritos em tal atmosfera. Bons romances não são escritos por ortodoxos, nem por pessoas que estão com a consciência ferida em sua própria heterodoxia. Bons romances são escritos por pessoas que não estão amedrontadas. Isso me leva de volta a Henry Miller.

III

Se este fosse um momento provável para o lançamento de "escolas" literárias, Henry Miller poderia ser o ponto de partida de uma nova "escola". De qualquer forma, ele marca uma oscilação inesperada do pêndulo. Em seus livros, foge-se imediatamente do "animal político" para voltar a um ponto de vista não apenas individualista, mas completamente passivo — o ponto de vista de um homem que acredita no processo de mundo fora de seu controle e que dificilmente deseja controlá-lo. Conheci Miller no fim de 1936, quando estava passando por Paris a caminho da Espanha. O que mais me intrigou sobre ele foi descobrir que ele não tinha nenhum interesse pela guerra espanhola. Ele apenas me disse em termos convincentes que ir para a Espanha naquele momento era um ato de um idiota. Ele poderia entender qualquer um que fosse lá por motivos puramente egoístas, por curiosidade, por exemplo, mas para se envolver em tais coisas como uma obrigação sensata era pura estupidez. Em qualquer caso, minhas ideias sobre combater o fascismo e defender a democracia eram uma total bobagem. Nossa civilização estava destinada a ser varrida e substituída por algo tão diferente que mal deveríamos considerar isso como humano — uma perspectiva que não o incomodava, disse ele. E alguma dessas perspectivas estava implícita em todo o seu trabalho. Em toda parte havia a sensação de um cataclismo se aproximando, e em quase todos os lugares, a crença implícita de que não importa. A única declaração política que, tanto quanto sei, ele já fez é puramente negativa. Um ano ou mais atrás, a revista americana *Marxist Quarterly* enviou um questionário a vários escritores americanos pedindo a eles que definissem sua atitude sobre o tema da guerra. Miller respondeu em termos de extremo pacifismo, uma recusa individual de lutar, sem aparente desejo de converter outros a ter a mesma opinião — praticamente, na verdade, uma declaração de irresponsabilidade.

No entanto, existe mais de um tipo de irresponsabilidade. Como uma regra, escritores que não desejam se identificar com o processo histórico no momento, ignoram-no ou lutam contra ele. Se podem ignorar isso, provavelmente são tolos. Se podem entender bem o suficiente para querer lutar contra isso, eles provavelmente têm visão suficiente para perceber que não podem vencer. Veja-se, por exemplo, em um poema como *The Scholar Gipsy,* contra a "estranha doença da vida moderna" e sua símile magnífica derrota na estrofe final. Expressa uma das atitudes literárias mais comuns, talvez a atitude predominante dos últimos cem anos. E, por outro lado, existem os "progressistas", os que dizem sim, o tipo Shaw-Wells, sempre saltando para a frente para abraçar as projeções do ego que eles confundem com o futuro. Em geral, os escritores dos anos 20 pegaram a primeira linha e os escritores dos anos 30, a segunda. E a qualquer momento, é claro, há uma enorme tribo de Barries, Deepings e Dells, que simplesmente não percebem o que está acontecendo. O trabalho de Miller é sintomaticamente importante na prevenção de qualquer uma dessas atitudes. Ele não está empurrando o processo do mundo para a frente nem tentando arrastá-lo de volta, mas, por outro lado, ele de forma alguma o está ignorando. Eu deveria dizer que ele acredita muito na ruína iminente da civilização ocidental mais firmemente do que a maioria dos escritores "revolucionários"; só que ele não se sente obrigado a fazer nada a respeito. Ele está indiferente enquanto Roma está queimando, e, ao contrário da enorme maioria de pessoas que fazem isso, fica com o rosto em direção às chamas.

Em *Max and the White Phagocytes,* há uma daquelas reveladoras passagens em que um escritor revela muito sobre si mesmo ao falar sobre outra pessoa. O livro inclui um longo ensaio sobre os diários de Anaïs Nin, que nunca li, exceto por alguns fragmentos, e que acredito não terem sido publicados. Miller afirma que eles são a única verdadeira escrita feminina que já apareceu, o que quer que isso signifique. Mas a passagem interessante é aquela em que ele compara Anaïs Nin — evidentemente uma escritora introvertida e totalmente subjetiva — a Jonas na barriga da baleia. De passagem, ele se refere a um ensaio que Aldous Huxley escreveu há alguns anos sobre o quadro de El Greco *O Sonho de Filipe II.* Huxley observa que as pessoas nos quadros de El Greco sempre pareciam ter saído da barriga de baleias, e professa encontrar algo peculiarmente horrível na ideia de estar em uma "prisão visceral". Miller retruca que, pelo contrário, há muitas coisas piores do que ser engolido por baleias, e a passagem deixa claro que ele mesmo acha a ideia bastante atraente. Aqui ele trata do que é provavelmente uma fantasia muito difundida. E talvez valha a pena notar que todos, pelo menos todos os falantes da língua inglesa, invariavelmente falam de Jonas e da baleia. Claro que a criatura que engoliu Jonas era um peixe, e foi assim descrito na *Bíblia* (Jonas 1:17), mas as crianças naturalmente o confundem com uma baleia, e esse fragmento de conversa de bebê é habitualmente transportado para a vida mais tarde — um sinal, talvez, da influência que o mito de Jonas tem em nossa imaginação. Pois o fato é que estar dentro de uma baleia é um pensamento muito confortável, acolhedor e familiar. O histórico Jonas, se é que pode ser assim chamado, ficou feliz em escapar, mas em imaginação, em devaneios, inúmeras pessoas o invejaram. E é claro o motivo. A barriga da baleia é simplesmente um útero grande o suficiente para um adulto. Aí se está, no escuro, em um espaço almofadado que se ajusta exatamente, com metros de gordura entre quem ali adentra e a realidade, capaz de manter uma atitude da mais completa indiferença, não importa o que aconteça. Uma tempestade que afundaria todos os navios de guerra do mundo apenas o alcançaria como um eco. Até os próprios movimentos da baleia provavelmente sejam imperceptíveis. Ela pode estar chafurdando entre as ondas de superfície ou mergulhando na escuridão do mares médios (uma milha de profundidade, de acordo com Herman Melville), mas nunca se notaria a diferença. A menos que se esteja morto, é o estágio final e insuperável da irresponsabilidade. No entanto, pode ser com Anaïs Nin, não há dúvida de que Miller, ele mesmo, está dentro da baleia. Tudo de melhor e mais característico nas passagens é escrito do ângulo de Jonas, um Jonas voluntário. Não que ele seja especialmente introvertido — muito pelo contrário. No caso dele, a baleia é transparente. Só ele não sente nenhum impulso para alterar ou controlar o processo pelo qual está passando. Ele realizou o ato essencial de Jonas ao se permitir ser engolido, permanecendo passivo, aceitando.

Veremos o que isso significa. É uma espécie de quietismo, implicando em descrença completa ou então um grau de crença que caminha para o misticismo. A atitude é *"je m'en fous"* ou "embora Ele me mate, ainda assim vou confiar Nele", de qualquer maneira que se olhe as situações; para fins práticos, ambas são idênticas, a moral em ambos os casos é: "Sente-se e não faça nada". Mas em um tempo como o nosso, essa atitude é defensável? Observe que é quase impossível abster-se de fazer essa pergunta. No momento da escrita, ainda estamos em um período em que é dado como certo que os livros devem ser sempre positivos, sérios e "construtivos". Há doze anos, essa ideia teria sido saudada com risinhos. ("Minha querida tia, ninguém escreve coisa alguma, basta escrever.") Então o pêndulo se afastou da noção frívola de que a arte é meramente técnica, mas oscilou para uma distância muito longa, a ponto de afirmar que um livro só pode ser "bom" se for baseado em uma visão verdadeira da vida. Naturalmente as pessoas que acreditam nisso também acreditam que estejam em posse das próprias verdades. Os críticos católicos, por exemplo, tendem a afirmar que os livros só são "bons" quando são de tendência católica. Os críticos marxistas fazem a mesma afirmação com mais ousadia para os livros marxistas. Por exemplo, Edward Upward ("A Marxist Interpretation of Literature", em *The Mind in Chains):* "A crítica literária de cunho marxista (...) proclama que nenhum livro escrito *no momento* pode ser "bom" a menos que seja escrito de um ponto de vista marxista ou quase marxista".

Vários outros escritores fizeram declarações semelhantes ou comparáveis. Upward deixa em itálico "no momento" porque ele percebe que não se pode, por exemplo, dispensar *Hamlet* pelo fato de Shakespeare não ter sido um marxista. No entanto, é interessante que o ensaio apenas aborda muito rapidamente essa dificuldade. Muito da literatura que chega até nós do passado é permeada de fatos fundados em crenças (a crença na imortalidade da alma, por exemplo) que agora nos parecem falsos e, em alguns casos, desprezivelmente tolos. No entanto, se é uma "boa" literatura, ela sobrevive a qualquer teste. Upward sem dúvida responderia que uma crença que era apropriada há vários séculos pode ser imprópria e, portanto, absurda agora. Mas isso não se estende muito mais longe, porque se assume que em qualquer época haveria um tipo de crença, que é a aproximação atual da verdade, e que a melhor literatura da época estará mais ou menos em harmonia com ela. Na verdade, tal uniformidade nunca existiu. Na Inglaterra do século XVII, por exemplo, havia uma clivagem religiosa e política que se assemelhava distintamente ao antagonismo esquerda-direita de hoje. Olhando para trás, as pessoas mais modernas sentiriam que o ponto de vista burguês-puritano era uma melhor aproximação da verdade do que católico-feudal. Mas, certamente, não é o caso de todos ou mesmo da maioria dos melhores escritores puritanos da época. E, mais que isso, ali existiam bons escritores, cuja visão de mundo seria reconhecida em qualquer época como falsa e boba. Edgar Allan Poe é um exemplo. A perspectiva de Poe é, na melhor das hipóteses, um romantismo selvagem e, na pior, não está longe de ser insana no sentido clínico literal. Por que é que, então, histórias como *O Gato Preto, O Coração Revelador, A Queda da Casa de Usher,* entre outras, que podem quase ter sido escritas por um lunático, não transmitem um sentimento de falsidade? Porque elas são verdadeiras dentro de uma determinada estrutura, elas mantêm as regras de seu próprio mundo peculiar, como uma pintura japonesa. Mas, então, parece que, para escrever com sucesso sobre este mundo, é necessário acreditar nisso. Veremos a diferença imediatamente se compararmos os contos de Poe como são, na minha opinião, uma falsa tentativa de criar uma atmosfera semelhante de *Minuit,* de Julian Green. O que mais chama atenção em *Minuit* é que não há nenhuma razão para que qualquer um dos eventos nele ocorra. Tudo é completamente arbitrário; não há sequência emocional. Mas é exatamente isso que não se sente nas histórias de Poe. Sua lógica maníaca, em seu próprio cenário, é bastante convincente. Quando, por exemplo, o bêbado agarra o gato preto e arranca seu olho com seu canivete, sabe-se exatamente por que o fez, até a ponto de sentir que alguém teria feito o mesmo por si mesmo. Parece, portanto, que, para um escritor criativo, a posse da "verdade" é menos importante do que a sinceridade emocional. Nem mesmo Upward diria que um escritor não precisa de nada além de uma formação marxista. Ele também precisa de talento. Mas talento, aparentemente, é uma questão de ser capaz de cuidar, de realmente acreditar em suas crenças, sejam elas verdadeiras ou falsas. A diferença entre, por exemplo, Céline e Evelyn Waugh é de intensidade emocional. É a diferença entre desespero genuíno e um desespero que é, pelo menos em parte, uma farsa. E com isso aí vai outra consideração que talvez seja menos óbvia: há ocasiões em que uma crença "falsa" tem maior probabilidade de ser realizada com sinceridade do que uma "verdadeira". Se alguém olhar para os livros de reminiscências pessoais escritos sobre a guerra de 1914-18, será possível notar que quase todos os relatos que permaneceram legíveis após um lapso de tempo foram gravados a partir de um ângulo negativo, passivo. Eles são os registros de algo completamente sem sentido, um pesadelo acontecendo em um vazio. Isso não foi, de fato, a verdade sobre a guerra, mas era a verdade sobre a reação individual. Um soldado avançando em uma barricada com uma metralhadora, ou ficando na altura da cintura em uma trincheira inundada, sabia apenas que estava em uma experiência terrível na qual ele estava quase desamparado. Ele estava mais propenso a fazer um bom livro sobre sua impotência e sua ignorância, do que por um pretenso poder de ver tudo em perspectiva. Quanto aos livros que foram escritos durante a própria guerra, os melhores deles foram quase todos os trabalhos de pessoas que simplesmente viraram as costas e tentaram não observar como a guerra estava acontecendo. E.M. Forster descreveu como em 1917 ele leu *Prufrock* e outros primeiros poemas de Eliot, e como esses poemas o encorajavam naquela época a ler outros poemas que eram "inocentes de espírito público": "Eles enalteciam a repulsa e a timidez pessoais, e as pessoas que pareciam genuínas porque eram pouco atraentes ou fracas (...) Aqui estava um protesto, e um bem fraco, e o mais adequado era a fraqueza (...) Aquele que pudesse se virar para reclamar das damas nas salas de estar preservava uma pequena gota de nosso autorrespeito, carregava a herança humana".

Muito bem dito. MacNeice, no livro a que me referi, citou essa passagem e acrescentou um tanto presunçosamente: "Dez anos depois, protestos menos fracos seriam feitos por poetas e a herança humana prosseguiu de forma bastante diferente (...) A contemplação de um mundo de fragmentos torna-se enfadonha e os sucessores de Eliot estariam mais interessados em arrumar tudo".

Comentários semelhantes são espalhados por toda a obra de MacNeice. O que ele deseja que acreditemos é que os "sucessores" de Eliot (referindo-se a MacNeice e a seus amigos) de alguma maneira "protestaram" de forma mais eficaz do que Eliot quando publicou *Prufrock* no momento em que os exércitos aliados estavam atacando a linha de Hindenburg. Exatamente onde esses "protestos" poderiam ser encontrados, eu não conheceria. Mas no contraste entre o comentário de Forster e o de MacNeice reside toda a diferença entre um homem que sabe como foi a guerra de 1914-18 e um homem que mal se lembra disso. A verdade é que em 1917 não havia nada além de um pensamento do qual uma pessoa sensível pudesse se servir, exceto permanecer humana, se possível. E um gesto de impotência, mesmo de frivolidade, pode ser a melhor maneira de fazer isso. Se eu fosse um soldado lutando na Grande Guerra, eu preferiria ter dominado *Prufrock* a *The First Hundred Thousand* ou *Letters to the Boys in the Trenches,* de Horatio Bottomley. Eu deveria ter sentido, como Forster, que simplesmente ficando indiferente e mantendo contato com as emoções do pré-guerra, Eliot carregaria a herança humana. Que alívio teria sido em tal momento, ler sobre as hesitações de um intelectual careca de meia-idade! Tão diferente da baioneta! Após as bombas e as filas de comida e os cartazes de recrutamento, uma voz humana! Que alívio!

Mas, afinal, a guerra de 1914-18 foi apenas um momento agravado em uma crise quase contínua. Nesta data, dificilmente precisaríamos de uma guerra para trazer para casa a desintegração de nossa sociedade e o crescente desamparo de todas as pessoas decentes. Essa é a razão pela qual eu acho que a atitude passiva, não cooperativa, implícita no trabalho de Henry Miller é justificada. Ou não é uma expressão do que as pessoas deveriam sentir, provavelmente chegando perto de expressar o que elas sentem. Mais uma vez, é a voz humana entre as explosões de bombas, uma voz americana amigável, "inocente de espírito público". Nada de sermões, apenas a verdade subjetiva. E nesse sentido, aparentemente, ainda é possível escrever um bom romance. Não necessariamente um romance edificante, mas um romance que valha a pena ler e provavelmente seja bom para ser lembrado depois de lido. Enquanto escrevo este ensaio, outra guerra europeia estourou. Vai durar vários anos e destroçar a civilização ocidental em pedaços, ou terminará inconclusivamente, preparando o caminho para mais uma guerra que fará o trabalho de uma vez por todas. Mas a guerra é apenas a "paz intensificada". O que está obviamente acontecendo, com guerra ou sem guerra, é a ruptura do capitalismo *laissez-faire* e da cultura liberal-cristã. Até recentemente todas as implicações disso não foram previstas, porque se imaginava que o socialismo poderia preservar e até ampliar a atmosfera do liberalismo. Agora começa a ser perceptível quão falsa essa ideia era. Quase certamente estamos nos movendo para uma era das ditaduras totalitárias — uma época em que a liberdade de pensamento será, a princípio, um pecado mortal e, mais tarde, uma abstração sem sentido. O indivíduo autônomo vai ser carimbado fora da existência. Mas isso significa que a literatura, da forma como a conhecemos, deve sofrer pelo menos uma morte temporária. A literatura do liberalismo está chegando ao fim e a literatura do totalitarismo ainda não apareceu e é quase impossível de imaginar. Quanto ao escritor, ele está sentado em um iceberg derretendo; ele é meramente um anacronismo, uma ressaca da era burguesa, certamente condenado como o hipopótamo. Miller me parece um homem fora do comum porque viu e proclamou esse fato muito antes que a maioria de seus contemporâneos — em uma época, de fato, quando muitos deles estavam realmente falando sobre um renascimento da literatura. Wyndham Lewis havia dito anos antes que a grande história da língua inglesa estava terminada, mas ele estava baseando-se em razões diferentes e bastante triviais. Mas, a partir de agora, o fato muito importante para os escritores criativos será que este não é o mundo de um escritor. Isso não significa que ele não pode ajudar a trazer a nova sociedade à existência, mas ele pode não participar do processo como escritor. Pois, como escritor, ele é um liberal, e o que está acontecendo é a destruição do liberalismo. Parece provável, portanto, que nos anos restantes de discurso, qualquer romance que valha a pena ler seguirá mais ou menos as linhas que Miller seguiu — não me refiro à técnica ou ao assunto, mas em perspectiva implícita. A atitude passiva voltará e será mais conscientemente passiva do que antes. Progresso e reação revelaram-se fraudes. Aparentemente, não há mais nada além do quietismo — roubando a realidade de seus terrores simplesmente se submetendo a ele. Entre na baleia — ou, em vez disso, admita que está dentro da baleia (pois você está, é claro). Entregue-se ao processo mundial, pare de lutar contra ele e de fingir que o controla; simplesmente aceite, aguente e registre. Essa parece ser a fórmula que qualquer romancista sensível provavelmente adote. Um romance em linhas mais positivas, "construtivas", e não emocionalmente espúrias, é no momento muito difícil de imaginar.

Quero dizer com isso que Miller é um "grande autor", uma nova esperança para a prosa inglesa? Nada do gênero. O próprio Miller seria o último a reivindicar ou desejar tal coisa. Sem dúvida ele vai continuar escrevendo — qualquer um que já tenha começado a escrever sempre vai manter a escrita — e associada a ele há uma série de escritores com aproximadamente a mesma tendência, Lawrence Durrell, Michael Fraenkel, entre outros, quase chegando a criação de uma "escola". Mas ele mesmo me parece essencialmente um homem de um só livro. Mais cedo ou mais tarde, devo esperar que ele caia na ininteligibilidade, ou no charlatanismo: há sinais de ambas as coisas em seus trabalhos posteriores. Seu último livro, *Trópico de Capricórnio*, eu nem li. Não porque eu não quisesse ler, mas porque a polícia e as autoridades aduaneiras até agora me impediram de obter o livro. Mas me surpreenderia se chegasse a algum lugar perto de *Trópico de Câncer* ou dos capítulos iniciais de *Primavera Negra*. Como alguns outros romancistas autobiográficos, ele tinha dentro de si apenas uma coisa perfeita, e ele a fez. Considerando que a ficção dos anos 30 tenha sido assim, isso é alguma coisa.

Os livros de Miller foram publicados pela Editora Obelisk em Paris. O que acontecerá com a Obelisk, agora que a guerra estourou lá fora e Jack Kathane, o editor, está morto, eu não sei, mas, de qualquer forma, os livros ainda podem ser adquiridos. Eu aconselho sinceramente que quem não o fez leia pelo menos *Trópico de Câncer*. Com um pouco de engenhosidade, ou pagando um pouco mais do que o preço publicado, você poderá obtê-lo, e, mesmo que partes dele o enojem, elas ainda ficarão na sua memória. É também um livro "importante", em um sentido diferente do sentido em que essa palavra é geralmente usada. Como regra, os romances são considerados "importantes" quando trazem uma "acusação terrível" de uma coisa ou outra ou quando eles introduzem alguma inovação técnica. Nenhuma dessas razões se aplica a *Trópico de Câncer*. Sua importância é meramente sintomática. Aqui, em minha opinião, é o único escritor de prosa imaginativa de menor valor que apareceu entre os anglófonos há alguns anos. Mesmo que isso soe como um exagero, provavelmente se admitirá que Miller é um escritor fora do comum, que vale mais do que um simples olhar; e, afinal, ele é um escritor completamente negativo, não construtivo, amoral, um mero Jonas, um aceitador passivo do mal, uma espécie de Whitman entre os cadáveres. Sintomaticamente, isso é mais significativo que o simples fato de cinco mil romances serem publicados na Inglaterra todos os anos e quatro mil e novecentos deles não passam de contrassensos. É uma demonstração da impossibilidade de qualquer grande literatura até que o mundo tenha se sacudido em sua nova forma.

ATIRANDO NUM ELEFANTE (1936)

Em Moulmein, na Baixa Birmânia, fui odiado por um grande número de pessoas — a única vez em minha vida em que fui importante o suficiente para que isso acontecesse comigo. Eu era um policial subdivisional da cidade e, de uma forma mesquinha e sem rumo, o sentimento antieuropeu era muito forte. Ninguém tinha coragem de se amotinar, mas se uma europeia fosse sozinha aos bazares, provavelmente cuspiriam suco de bétel[4] em seu vestido. Como policial, eu era um alvo óbvio e era fisgado sempre que parecia seguro. Quando um birmanês ágil me fez tropeçar no campo de futebol e o árbitro (outro birmanês) olhou para o outro lado, a multidão gritou com risos horríveis. Isso aconteceu mais de uma vez. No final, os rostos amarelos e zombeteiros dos jovens que me encontravam em toda parte, os insultos que vinham atrás de mim quando eu estava a uma distância segura, me irritavam muito. Os jovens sacerdotes budistas eram os piores de todos. Havia vários milhares deles na cidade e nenhum deles parecia ter nada a fazer a não ser ficar nas esquinas e zombar dos europeus.

Tudo isso era desconcertante e perturbador. Pois, naquela época, eu tinha já decidido que o imperialismo era uma coisa má e quanto mais cedo eu largasse meu emprego e saísse dele, melhor. Teoricamente — e em segredo, é claro — eu era totalmente a favor dos birmaneses e contra seus opressores, os britânicos. Quanto ao trabalho que eu estava fazendo, eu o detestava com mais força do que era capaz de expressar. Em um trabalho como esse é que se vê o trabalho sujo do Império de perto. Os miseráveis prisioneiros amontoados nas jaulas fedorentas das carceragens,

4. Arbusto verde, típico da Índia e da Malásia *(piper betle)*. Geralmente, possui folhas ovais que, conforme informa o autor, são mascadas como iguarias na Birmânia e em outros países orientais. (N.T.)

os rostos cinzentos e intimidados dos condenados a longo prazo, as nádegas com cicatrizes dos homens que foram açoitados com bambus — tudo isso me oprimia com um sentimento de culpa intolerável. Mas não consegui colocar nada em perspectiva. Eu era jovem e mal-educado e eu tive que pensar em meus problemas no silêncio absoluto que é imposto a todos os ingleses no Oriente. Eu nem sabia que o Império Britânico estava morrendo, muito menos que é muito melhor do que os impérios mais jovens que vão suplantá-lo. Tudo que eu sabia era que estava preso entre meu ódio ao império a que servi e minha raiva contra as feras de espírito maligno que tentaram tornar meu trabalho impossível. Com uma parte da minha mente, pensava no Raj britânico como uma tirania inquebrável, como algo reprimido, em *saecula saeculorum*, pela vontade dos povos prostrados; com outra parte, pensava que a maior alegria do mundo seria afundar uma baioneta nas entranhas de um sacerdote budista. Sentimentos como esses são os subprodutos normais do imperialismo; pergunte a qualquer anglo-indiano oficial, se conseguir encontrá-lo de folga.

Um dia, aconteceu algo que, de uma forma indireta, foi esclarecedor. Foi um pequeno incidente em si, mas me deu um vislumbre melhor do que eu tinha antes da verdadeira natureza do imperialismo — os verdadeiros motivos pelos quais governos despóticos agem. Certa manhã, o subinspetor de uma delegacia de polícia da outra ponta da cidade me ligou e disse que um elefante estava devastando o bazar. Poderia vir, por favor, e fazer alguma coisa a respeito? Eu não sabia o que poderia fazer, mas eu queria ver o que estava acontecendo, então, subi em um pônei e parti. Peguei meu rifle, um velho Winchester .44, pequeno demais para matar um elefante, mas achei que o barulho poderia ser útil *in terrorem*. Vários birmaneses me pararam no caminho e me contaram sobre as ações do elefante. Não era, é claro, um elefante selvagem, mas domesticado que se tornou *"must"*[5]. Tinha sido acorrentado, como ficam os elefantes domesticados sempre quando estão prestes a ter um ataque *"must"*, mas na noite anterior quebrou sua corrente e escapou. O *mahout*[6], a única pessoa que poderia controlá-lo quando estava nesse estado, tinha saído em busca, mas tinha tomado a direção errada e agora estava a doze horas de viagem, e pela manhã o elefante reapareceu repentinamente na cidade. A população birmanesa não tinha armas e era bastante indefesa contra isso. Ele já tinha arrasado uma choupana de bambu, matou uma vaca e invadiu algumas barracas de frutas e devorou o estoque; encontrara o caminhão municipal de lixo, virando-o violentamente assim que o motorista pulou e fugiu.

O subinspetor birmanês e alguns policiais indianos estavam esperando por mim no bairro onde o elefante tinha sido visto. Era um bairro muito pobre, um labirinto de cabanas de bambu esquálidas, recobertas de folhas de palmeira, serpenteando por uma encosta íngreme. Eu lembro que foi uma manhã nublada e abafada no início das chuvas. Começamos a questionar as pessoas sobre para onde o elefante tinha ido e, como sempre, não conseguimos obter nenhuma informação definitiva. Isso é invariavelmente o caso no Oriente; uma história sempre parece clara o suficiente a distância, mas, quanto mais perto você chega da cena de eventos, mais vaga ela se torna. Algumas das pessoas disseram que o elefante tinha ido em uma direção, alguns disseram que ele tinha ido em outra, alguns professaram nem mesmo ter ouvido falar de qualquer elefante. Eu quase tinha decidido que toda a história era um monte de mentiras, quando ouvimos gri-

5. Estado de frenesi perigoso a que estão sujeitos certos animais a intervalos irregulares. (N. T.)
6. Condutor de elefantes (hindu). (N.T.)

tos a uma certa distância. Houve um grito alto e escandalizado de "Vá embora, criança! Vá embora neste instante!" e uma velha com um interruptor na mão dobrou a esquina de uma cabana, espantando violentamente uma multidão de crianças nuas. Mais algumas mulheres seguiram, estalando suas línguas e exclamando; evidentemente havia algo que as crianças ali não deveriam ter visto. Eu contornei a cabana e vi o corpo de um homem morto esparramado na lama. Ele era um índio, um *coolie*[7] dravidiano[8] preto, quase nu, e ele não deveria ter sido morto há muito tempo. As pessoas disseram que o elefante veio de repente sobre ele dobrando a esquina da cabana, pegou-o com seu tronco, colocou o pé em suas costas e o enterrou no chão. Esta era a estação das chuvas e o solo estava macio, e seu rosto havia marcado uma trincheira com trinta centímetros de profundidade e alguns metros de comprimento. Ele estava deitado de bruços com os braços crucificados e a cabeça fortemente torcida para um lado. Seu rosto estava coberto de lama, os olhos bem abertos, os dentes à mostra e sorrindo com uma expressão de agonia insuportável. (A propósito, nunca me diga que os mortos parecem em paz. A maioria dos cadáveres que vi parecia diabólica). A fricção do pé da grande besta despojou a pele de suas costas tão bem quanto se retira a pele de um coelho. Assim que eu vi o homem morto, enviei um ordenança para a casa de um amigo nas proximidades para pegar emprestado um rifle de elefante. Eu já tinha enviado o pônei de volta, por não querer que ele enlouquecesse de medo e me derrubasse caso farejasse o elefante.

O ordenança voltou em poucos minutos com um rifle e cinco

7. Termo (ofensivo) empregado para designar trabalhador asiático não especializado (Hindi Kuli). Segundo nota do autor, a origem do termo é disputada. (N.T.)

8. Do original *dravidian*, significando membro de quaisquer dos povos que falam uma das línguas dravidianas (grande família de línguas faladas especialmente ao sul da Índia e norte do Sri-Lanka), particularmente um membro de um dos povos pré-indoeuropeus no sul da Índia. (N.T.)

cartuchos e, enquanto isso, alguns birmaneses haviam chegado e nos contado que o elefante estava nos arrozais abaixo, a apenas algumas centenas de metros de distância. Quando comecei a avançar, praticamente toda a população do bairro saiu em bandos das casas e me seguiu. Eles tinham visto o rifle e gritavam animadamente que eu ia atirar no elefante. Eles não haviam mostrado muito interesse no elefante quando ele estava simplesmente destruindo suas casas, mas era diferente agora que ele seria baleado. Foi um pouco divertido para eles, como seria para um público inglês; além disso, eles queriam a carne. Isso me deixou vagamente inquieto. Eu não tinha intenção de atirar no elefante — apenas mandei buscar o rifle para me defender, se necessário — e é sempre enervante ter uma multidão seguindo você. Eu marchei colina abaixo, parecendo e me sentindo um idiota, com o rifle sobre o ombro e um exército cada vez maior de pessoas empurrando-me nos calcanhares. Ao fundo, longe das cabanas, havia uma estrada metálica e mais adiante, um arrozal enlameado, desperdiçado, encharcado pelas primeiras chuvas e pontilhado pela grama grossa. O elefante estava parado a oito metros da estrada, seu lado esquerdo voltado para nós. Ele não deu a menor atenção à abordagem da multidão. Ele estava rasgando pedaços de grama, batendo-os contra os joelhos para limpá-los e enfiá-los na boca.

Eu havia parado na estrada. Assim que vi o elefante, eu sabia com absoluta certeza que não deveria atirar nele. É um assunto sério atirar em um elefante que trabalha — é comparável a destruir uma peça enorme e cara de maquinário — e, obviamente, não se deve fazer isso, se puder ser evitado. E àquela distância, comendo pacificamente, o elefante não parecia mais perigoso do que uma vaca. Pensei então e penso agora que seu ataque de *"must"* já estava passando; nesse caso ele simplesmente vagaria inofensivamente até que o *mahout* viesse de volta e o pegasse. Além disso, eu não queria nem um pouco atirar nele. Eu decidi que iria observá-lo por um tempo para certificar-me de que ele não se tornaria selvagem novamente e depois voltaria para casa. Mas, naquele momento, olhei em volta para a multidão que me seguia. Era uma multidão imensa, dois mil ao menos e crescendo a cada minuto. Ela bloqueou a estrada por uma longa distância por ambos os lados. Eu olhei para o mar de rostos amarelos sobre as roupas exóticas, rostos alegres e agitados com aquele pouco de diversão, todos felizes e animados, certos de que o elefante ia levar um tiro. Eles estavam me observando como fariam com um mágico prestes a realizar um truque. Eles não gostavam de mim, mas com o rifle mágico em minhas mãos valia a pena assistir a mim momentaneamente. E de repente eu percebi que, afinal, deveria atirar no elefante. As pessoas esperavam aquilo de mim e eu tinha que fazê-lo; eu podia sentir a vontade dos dois me pressionando para seguir em frente, irresistivelmente. Foi neste momento, enquanto eu estava lá com o rifle em minhas mãos, que eu compreendi primeiramente o vazio, a futilidade do domínio do homem branco no Oriente. Aqui estava eu, o homem branco com sua arma, parado na frente da multidão nativa desarmada — aparentemente, o ator principal da peça; mas na realidade eu era apenas um fantoche absurdo empurrado para lá e para cá pela vontade daqueles rostos amarelos atrás de mim. Percebi nesse momento que, quando o homem branco vira tirano, é sua própria liberdade que ele destrói. Ele se torna uma espécie de boneco oco e posando, a figura a figura convencionada de um saíbe[9]. Pois é a condição de seu governo que ele passe sua vida tentando impressionar os "nativos", e assim em cada crise ele deve fazer o que os "nativos" esperam dele.

9. *Sahib,* saíbe ou saibo, título respeitoso dado na antiga Índia britânica aos europeus. (N.T.)

Ele usa uma máscara, e seu rosto cresce para se ajustar a ela. Eu tive que atirar no elefante. Eu tinha me comprometido a fazer isso quando mandei buscar o rifle. Um saíbe tem que agir como um saíbe; tem de parecer resoluto, saber o que quer e definir coisas. Vir até aqui, com rifle na mão, com duas mil pessoas marchando em meus calcanhares e, em seguida, se arrastar debilmente, sem fazer nada — não, isso era impossível. A multidão riria de mim. E toda a minha vida, a vida de cada homem branco no Oriente, foi uma longa luta para não ser motivo de riso.

Mas eu não queria atirar no elefante. Eu fiquei olhando-o bater seu monte de grama contra seus joelhos, com aquele ar de preocupação de avó que os elefantes têm. Pareceu-me que seria um assassinato atirar nele. Naquela idade eu não era melindroso sobre matar animais, mas eu nunca havia atirado em um elefante e nunca quis. (De alguma forma, sempre parece pior matar um animal grande.) Além disso, havia o dono da fera a ser considerado. Vivo, o elefante valia pelo menos cem libras; morto, ele só valeria o valor de suas presas, cinco libras, possivelmente. Mas eu precisava agir rapidamente. Recorri a alguns birmaneses mais experientes que estavam lá quando chegamos, e perguntei-lhes como o elefante estava se comportando. Todos disseram a mesma coisa: ele não ligava para você se você o deixasse sozinho, mas ele pode se incomodar se você for muito perto dele.

Estava perfeitamente claro para mim o que eu deveria fazer. Eu deveria caminhar até, digamos, vinte e cinco metros do elefante e testar o comportamento dele. Se ele atacasse, eu poderia atirar; se ele não me percebesse, seria seguro deixá-lo até que o *mahout* voltasse. Mas eu também sabia que não faria tal coisa. Eu era pouco hábil com um fuzil, e o chão era de um barro mole em que se afundava a cada passo. Se o elefante atacasse e eu errasse o alvo, deveria ter tanta chance quanto um sapo sob um rolo compressor. Mas, então, eu não estava mesmo pensando particularmente na minha própria pele, apenas nos rostos amarelos vigilantes atrás de mim. Para aquele momento, com a multidão me olhando, não tive medo no sentido comum, como teria sido se estivesse sozinho. Um homem branco não deve se assustar na frente de "nativos"; e, então, em geral, ele não tem medo. O único pensamento em minha mente foi que, se alguma coisa desse errado, aqueles dois mil birmaneses me veriam sendo perseguido, pego, pisoteado e reduzido a um cadáver sorridente como aquele indiano morro acima. E, se isso acontecesse, era bem provável que alguns deles rissem. Isso não poderia acontecer.

Havia apenas uma alternativa. Enfiei os cartuchos no tambor e me deitei na estrada para obter uma melhor pontaria. A multidão ficou muito quieta, e um suspiro profundo, baixo e feliz, como o de pessoas que veem a cortina do teatro subir, afinal, foi emitido por inúmeras gargantas. Eles iriam se divertir um pouco, afinal. O rifle era uma bela coisa alemã com mira em cruz. Ainda não sabia que, ao atirar num elefante, era preciso cortar uma linha imaginária de ouvido a ouvido. Eu deveria, portanto, como o elefante estava de lado, ter mirado diretamente em seu ouvido, na verdade eu mirei vários centímetros à frente disso, pensando que o cérebro estaria mais à frente. Quando puxei o gatilho, não ouvi o estrondo nem senti o ricochete — ninguém o sente quando o tiro atinge o alvo —, mas ouvi o rugido diabólico de alegria que veio da multidão. Naquele instante, em um tempo muito curto, alguém teria pensado, mesmo para um projétil chegar até lá, uma mudança terrível e misteriosa havia acontecido com o elefante. Ele não se mexeu nem caiu, mas cada linha de seu corpo havia mudado. Ele parecia repentinamente abatido, encolhido, demasiadamente velho, como se o impacto terrível da bala o tivesse paralisado sem derrubá-lo. Enfim, depois do que pareceu muito tempo — pode ter sido cinco segundos, ouso dizer —, ele caiu flácido de joelhos. Sua boca babou. Uma enorme senilidade parecia ter se apossado dele. Alguém poderia imaginá-lo como tendo milhares de anos. Eu atirei novamente no mesmo lugar. No segundo tiro ele não desabou, mas escalou com desesperada lentidão para se levantar e ficar fracamente ereto, com as pernas flácidas e a cabeça caída. Disparei pela terceira vez. Foi o tiro que bastou para ele. Era possível ver a agonia sacudir-lhe o corpo inteiro e arrancar-lhe das pernas o último resquício de força. Mas ao cair ele pareceu por um momento se levantar, pois suas patas traseiras desabaram sob ele, enquanto suas pernas traseiras desabavam atrás dele, ele pareceu erguer-se como uma grande rocha, seu tronco alcançando o céu como uma árvore. Ele trombeteou, pela primeira e única vez. E então ele veio, sua barriga em minha direção, com um estrondo que parecia tremer o chão mesmo onde eu estava.

Eu levantei. Os birmaneses já estavam passando correndo por mim através da lama. Era óbvio que o elefante nunca mais se levantaria, mas ele não estava morto. Ele estava respirando muito ritmicamente com suspiros longos e barulhentos, seu grande monte se erguendo de lado dolorosamente e caindo. Sua boca estava aberta — eu podia ver bem lá embaixo em cavernas de garganta rosa pálido. Esperei muito tempo para ele morrer, mas sua respiração não enfraqueceu. Finalmente, eu disparei meus dois tiros restantes no local onde achava que seu coração estaria. O sangue espesso jorrou dele como veludo vermelho, mas ainda assim não morreu. Seu corpo nem mesmo estremeceu quando os tiros o atingiram, a respiração torturada continuou sem uma pausa. Ele estava morrendo, muito lentamente e em grande agonia, mas em algum mundo remoto de onde nem mesmo uma bala poderia machucá-lo ainda mais. Eu senti isso. Eu tinha que acabar com aquele barulho terrível. Parecia horrível ver a grande besta deitada lá, sem forças para se mover e ainda impotente para morrer, e nem mesmo conseguir abatê-la. Eu pedi de volta o meu pequeno rifle e despejei tiro após tiro em seu coração e em sua garganta. Eles pareciam não causar nenhuma impressão. Os suspiros torturados continuaram tão constantes quanto o tique-taque de um relógio.

No final, não aguentei mais e fui embora. Eu soube depois que demorou meia hora para morrer. Birmaneses trouxeram *dahs*[10] e cestos antes mesmo de eu sair, e me disseram que haviam estripado seu corpo quase até os ossos pela tarde. Depois, é claro, houve discussões intermináveis sobre o abate do elefante. O dono ficou furioso, mas ele era apenas um índio e não podia fazer nada. Além disso, legalmente, eu tinha feito a coisa certa, pois um elefante louco tem que ser morto, como um cachorro louco, se seu dono não consegue controlá-lo. Entre os europeus a opinião estava dividida. Os homens mais velhos disseram que eu estava certo, os mais jovens disseram que era uma pena atirar em um elefante que havia matado um *coolie,* porque um elefante valia mais do que qualquer maldito *coolie* de Coringhee. E depois fiquei muito feliz que o *coolie* fora morto; isso me deu legalmente o direito e um pretexto suficiente para atirar no elefante. Eu me perguntava frequentemente se alguém percebeu que eu tinha feito isso apenas para evitar parecer um tolo.

10. Espadas curtas e pesadas (birmanês). (N.T.)